隐形的翅膀

Invisible Wings

程筠惠——著

文化发展出版社
Cultural Development Press
·北京·

图书在版编目（CIP）数据

隐形的翅膀 / 程�惠著 . — 北京 ：文化发展出版社，2024.7. — ISBN 978-7-5142-4369-7

Ⅰ . I267

中国国家版本馆 CIP 数据核字第 20246HB280 号

隐形的翅膀

著　　者　程筠惠

出 版 人：宋　娜
责任编辑：袁兆英　　　　　　　　责任校对：侯　娜
责任印制：邓辉明　　　　　　　　封面设计：异一设计
出版发行：文化发展出版社（北京市翠微路 2 号　邮编：100036）
网　　址：www.wenhuafazhan.com
经　　销：全国新华书店
印　　刷：河北盛世彩捷印刷有限公司

开　　本：880mm × 1230mm　1/32
印　　张：6.5
字　　数：125 千字
版　　次：2024 年 7 月第 1 版
印　　次：2024 年 7 月第 1 次印刷

定　　价：79.00 元
I S B N：978-7-5142-4369-7

◆ 如有印装质量问题，请联系电话：0318-6658666

推荐序

惠惠是一个能影响很多人的女生。

一件事，只要她认定了，她就会投入十分的热情。

她想提高自己的表达力，就连续1000天，每天录制一个短视频发给我，让我见证她的突破。

她想跑马拉松，就每天奔跑几公里，时常训练十几公里，形成强大的肌肉记忆，直到轻松跑完42公里马拉松都毫不费劲。

跟她相处的人，都会被她做事的认真和投入打动，感觉什么事情交给她，都能有一个特别踏实的结果。

我曾经问过一个实现了财富自由的老大哥："如果你要把大项目交给一个人，你会交给什么样的人？"

我以为他会说有资源、有能力、有信心之类的答案，没想到他却说：“小项目要交给有能力的人，大项目要交给有担当的人。”

惠惠就是那个踏实又有担当的人，就是那个以后我有什么事，都完全可以放心交给她的人。

在她身上，我看到了许多优秀的品质，其中让她成为黑马的，就是凡事都从自己身上找原因的特点。

每次有什么事没办好，她都会第一时间跟我复盘，列出她自己哪里没做好，并且说明下次要如何调整。

这在一个“90后”身上，实在是太难能可贵了。

我完全有理由相信，一个踏实而又自省的人，未来一定会成为一个非常优秀的人，然后再帮助更多人，成就更多人。

让我们一起期待惠惠的未来吧，她一定能讲出属于她的精彩人生故事。

许晋杭

2024年5月22日

于深圳市龙华区

目　录

CONTENTS

隐　形　的　翅　膀

01 第一章 面对苦难，看见自己

02 第二章 面对失去，转动心念

03 第三章 面对内耗，自我突破

05 第五章 面对目标，勇于突破

06 第六章 面对价值，学会创造

01.

第一章

面对苦难，看见自己

第一节

这个世界是值得活下去的

我原本以为，跟随《花样姐姐》的脚步到土耳其，会在热气球上体验浪漫，欣赏棉花堡轻柔的风光。然而，命运却引导我经历了另一种旅程，我们所乘坐的大巴车因为司机的疲劳驾驶，加上操作失误，导致大巴车在斜坡处侧翻了，还顺着斜坡向下滑行了二三十米。

在滑行的过程中，突如其来的剧痛让我意识到自己的左手被压在了大巴车下，并跟着它向下滑行。手臂与沥青马路摩擦的触感让我顿感不妙。

果不其然，待大巴车停稳后，我低头一看，左手上臂白骨裸露，而且碎了好几节，下臂手腕处的皮和肉也已经被沥青马路磨光，只剩下一堆粉碎性的白骨了。

很快，我就被救护车送往了就近的医院。医生检查了我左臂的伤势后，对我说的第一句话就是“截肢”。听到这冷冰冰的两个字，我脑袋都在嗡嗡作响：我才25岁呀，正是锦瑟年华，如果失去了左臂，我以后该如何生活呢？我是一个专业的美容师，是一个纯手艺人，没有左臂我该怎么去给顾客做护理？顶着残缺的身体走在大街上，被路人用异样的眼光打量着，我又该如何接受？一连串的问题开始在脑海中形成，我整个人都崩溃了。

我无法接受自己的未来要在失去左臂中度过，于是，我哭着祈求医生：“不要给我截肢，没有了左手，我会失去活下去的勇气！”

此时我才开始意识到，曾经的自己一味地追求美、追求瘦，然后不断地伤害身体，无法体会到健康的身体才是最重要的。而等失去时，才开始明白胖一点、丑一点又如何，只要它是健全的，我就感到满足。

在伊兹密尔的医院中再次醒来时，一种前所未有的孤独和恐惧深深地笼罩着我。四周的寂静让这份孤独感更加强烈，只有偶尔从窗外传来的雷鸣声，才暂时打破这沉重的死寂。

面对着四周的黑暗和未知，我惊奇地发现，曾经令我恐惧的雷电此刻已不足为虑。我的所有注意力都被一股强烈的焦虑所萦绕，它牢牢地锁定在我的左手上——那个我担心已经不复存在的部分。

我迅速低头检查，发现我的左手被裹得像木乃伊一样。我努力动了动手指，但没有任何反应，我感到了一丝恐慌，又迅速压制了这份恐慌，我告诉自己，只要左手还在，就还有希望。

然而，当我在微弱的晨光中被人声吵醒，看到几个人在床边严肃讨论时，那份孤立无援的感觉再次涌上心头。幸运的是，Polat（波拉特）的出现像一束阳光，温暖了我冰冷的身体。他不仅是我的翻译，更像是命运赐予我的守护者，在这异国他乡的医院中给予了我很大的安慰和支持。

每一次转院和手术都伴随着痛苦与不确定，每一次救护车的颠簸都让我担心我的左手能否承受。每次手术后的痛苦，都让我想逃离这个悲惨世界。

在那段如同长夜般漫漫无边际的日子里，车祸带给我的不仅是身体上的伤痕和痛苦，还有心灵深处无法名状的空洞和痛楚，痛到我已经哭不出来。在每一夜漫长的黑暗中，我几乎忘记了味觉的存在，忘记了生活中那些微小而美好的感受。

生日那天，朋友小心翼翼地喂我一小口白米粥，那一瞬间，仿佛所有的阴霾都被这简单而温暖的味道驱散了。喝下那一小口米粥后，我的内心泛起了阵阵涟漪。

那一小口白米粥唤醒了我对生活的感知。这碗白米粥，简简单单，却蕴含着生命的力量和希望的光芒，让我在绝望中重新找到了前行的勇气。

仿佛是在一片荒芜的土地上，突然间吹过一阵温柔的春风，唤醒了沉睡的种子，让我开始重新审视自己和这个世界。我发现，即使是最微小的事物，也有其存在的价值和美好。那些我曾经视为理所当然的东西，如今在我眼中焕发出新的生命力。

在这个过程中，我逐渐意识到，生命的真谛不仅仅在于它的延续，更在于我们如何面对和感受这一切。病痛和苦难没有将我击倒，反而让我学会深切地感受生活的每一分每一秒。在这段漫长而艰难的旅程中，每一次挣扎和痛苦都变成了让我成长的养分，教会了我怎样在暴风雨中寻找避风的港湾，怎样在漫长的黑夜中等待黎明的到来。

如果你也正经历着艰难，也试着唤醒内在的自我，问问自己：

1.有哪些人爱我？（爱）

2.我还有哪些想做的事？（希望）

3.我可以怎样去坚持？（坚持）

当你这样提问自己的时候，你就掌握了生命的主动权。因为有爱、有希望、有坚持，所以无论如何都要好好活着。

第二节

人生最大的智慧“向死而生”

小时候，我胆子就很小，不敢一个人走夜路、不敢一个人睡觉。虽然我现在出来工作已经有十多年了，但在我的印象当中，却留下这样一个阴影。我父母是农民，为了养活我和哥哥，每年夏天一到夜晚来临，父母就会去河里捕鱼，然后天未亮就得骑自行车到20公里外的市场上，把鱼卖了。

夜晚快降临时，我就很焦虑。我常常用两只小手拉着母亲的衣角，哭着对母亲说：“妈，你别走，我怕，我不敢一个人睡。”

尤其是当村里有人离世的时候，我更害怕，几乎在那半个月内都不敢睡觉，只要眼睛一闭上，脑海里浮现的都是对方生前的身影。到现在我都很少回老家，每次只要一回去，一到晚上来临，小时候的记忆就会涌现，然后我必得拉一个人陪我一起睡或者是把电灯、电视机打开，才能度过寂静的夜晚。

因为我特别害怕死人，甚至连“死”这个字眼都甚少提及，然而在安卡拉医院的急诊室里，我却目睹了两条生命从我眼前流逝。

当时，我在急诊室里等待医生给我安排手术。转头一看，旁边病床上躺着一个七八岁的小男孩，戴着呼吸机，一动不动地躺在那里。我好奇这个小男孩怎么了？为什么他一点意识都没有呢？

看着这个幼小的生命，这么小就在经历着病痛折磨，我开始感叹命运的残忍。然而接下来发生的一幕，让我感受到什么叫真正的残忍。

急救室的门还没有被打开之前，外面传来一阵很急促的脚步声，感觉有好多人向这个急诊室冲来，还没等我反应过来，大门就已经被冲开了。

接着，就看到七八个医生用救护床推着一个三四十岁昏迷中的男子进到急诊室，然后迅速把这位男子抬到病床上，几个医生各司其职。有医生拿着一个小电筒开始检查这个男子的瞳孔，有医生直接拿着除颤仪跪在病人的旁边，一次又一次地按压，其间几个医生轮番上去试图抢救。

几分钟后，医生们相互用眼神交流了一下，一脸严肃地摇了摇头。然后我看到有一个医生走出门，接着外面就传来咆哮似的哭喊声。

虽然我与他隔着一道墙，但那撕心裂肺的哭声还是清晰地冲进我的耳朵。我才知道，正在抢救中的这个男子已经离开了这个世界。可是从我这个角度看过去，他明明就跟睡着了一样。我不禁想，生命为什么如此脆弱？

还没等我回过神来，半个小时后，同样的事情在我面前再次上演，那个小男孩在我面前走了。我再也撑不下去了，我大声地朝着门口处喊着："Polat（波拉特），Polat！我要离开这里，我怕！"

此时此刻，我也不管外面的Polat是否能听得到，我就想马上离开急诊室。当医生帮我转到急诊室里面的房间时，我终于安静了下来。在那个瞬间，急诊室成了生死交织的舞台，我成了无奈的旁观者。

生命的脆弱在那一刻昭然若揭，如同轻风中摇曳的烛火，稍有不慎，便熄灭了。我在心中不停地喊着要逃离，但逃离真的能躲避死亡吗？我开始反思这种恐惧的根源。

是对未知的恐惧，还是不接受死亡？也许直面死亡，才能逼迫我们思考生活的真正意义。死亡不是生命的对立面，而是生命的一部分，是一种存在的界限，提示我们生命的宝贵和有限。

恐惧死亡可能是因为我们还未开始真正地活着。我们被日常琐事所困，忽略了生命中真正重要的事——那些能触及灵魂深处的体验，那些能让我们感受到存在的价值和意义的时刻。如果我们从生活的每一天、每一个瞬间寻求深度和充实，也许我们对死亡的看法会有所不同。

这段经历，让我意识到，要想克服对死亡的恐惧，我需要改变自己对生活的态度和行为。

首先，我需要学会珍惜并感激每一个现在。活在当下，意味着要给予身边的人更多的爱与关怀，要做那些一直想做而未曾做的事，要表达自己的情感而不是把它们隐藏。

其次，接受生命的有限性。这意味着要认识到每一天都可能是生命的最后一天。这不是一种悲观的看法，而是一种激励我们追求更丰富、更有意义生活的动力。每天醒来，我们都应该问自己：如果今天是我生命的最后一天，我希望如何度过？

最后，自我反省，思考自己的生活是否真正符合自己的价值观和信仰。这种反省可以是定期的，也可以是在重大生活事件之后。通过反省，我们可以不断调整方向，确保我们的生活轨迹与内心的真实欲望相符。

真正的自由来自对生命终极问题的深入探索。在这种探索中，我们可能会遇到恐惧和不确定性，但也能获得成长和自由。

这种哲学思考不是为了消解死亡的恐惧，而是为了使我们能在有限的生命里，活出无限的深度和宽度。如此，当我们回望自己的一生时，可以满怀信心地说，我们已尽力活出生命中最真实、最丰富的部分。

第三节

绝望中，是爱让一切有了生机

列夫·托尔斯泰曾言："每个人都会有缺陷，就像被上帝咬过的苹果；有的人的缺陷比较大，正是因为上帝特别喜爱他们的芬芳。"

一天，Polat沉重地走进来，语气严肃地说："惠惠，我们必须面对现实。我一直担心你承受不了，所以迟迟未告诉你。我们曾希望与中国顶尖教授合作治疗你，但结论相同。现在，医生已下最后通知，如果不尽快截肢，左手的感染会蔓延全身，生命难保。"

"截肢"二字，如同晴天霹雳，我当时完全愣住了。要知道在医院的两个月，我历经无数次手术，就是为了试图保住左手。可一想到母亲因担心我，一夜之间多了很多白发，我愧疚不已。这生死关头必须要做出取舍了，我渐渐接受了即将失去左手的现实。

我平静地回应道："好，只要能活着回去，一切听从医生安排。"

得知我的这一决定后，家人和朋友们通过视频联系我，试图提供安慰，结果他们反而泪流满面。我笑着安慰他们："放心，筠惠一定会活着回来见你们的。"

面对无法改变的现实，我终于放下了执念，这也许是这段时间以来我最放松的时刻。

截肢前一天，旅行社的筠姐问我是否愿意去楼下看看。长时间只能躺在床上，我感觉自己像一只井底之蛙，通过窗户看着那一片天空。听说海就在不远处，我早已期待能去感受海风。

"真的可以吗？"我惊喜地问筠姐，这么久以来，除了转院，我从未在白天出过门。

"放心，这是医生批准的。明天手术前，他希望你保持好心态。"筠姐肯定地回答。

那天，我们一起在医院的露天咖啡厅留下了一张大合照。我在照片中笑得很甜，那笑容背后是我对命运的勇敢接受。

第二天，我镇定地走进手术室，接受了新生的第一步。我的母亲哭得撕心裂肺，连旁观者也被感染，跟着一起流泪。手术后的第二天，一直细心照顾我的护士请嫂子出去，我不禁担心是否发生了什么。嫂子神秘兮兮地不肯透露任何信息。

那天下午，病房门口突然响起了我在KTV常点的飞轮海乐队的《只对你有感觉》。为什么会响起这首歌？正当我疑惑时，护士长带着一群熟悉的面孔走进来，她们是一直在医院里特别照顾我的那些天使们。护士长手中托着一个装饰着七星瓢虫的蛋糕，翻译丹尼尔解释道："惠惠，这是一个七星瓢虫蛋糕，土耳其人特别喜欢。它象征着重生。这个蛋糕是护士们特意为你准备的，庆祝你的新生。"

原来，她们一早请嫂子出去是想学唱我最喜欢的中文歌曲，但发现太难，于是改为播放这首歌。

看着这些熟悉的面孔，我流下眼泪，心中充满感激："对，从此刻开始，程筠惠重生了！"

之后每遇到艰难时，我都会想起这次的经历，它让我学会以下3点。

1.接受现实和放下执念。这种接受并不意味着放弃，而是一种勇气，勇于面对生活的不确定性。当我们接受生活中无法改变的部分时，实际上是在看见新的可能性。

2.保持积极心态。心态可以极大地影响我们突破困境的方式，保持积极心态有助于我们更好地管理情绪和迎接挑战。

3.学会感恩，珍惜社会支持和人际关系。不要在困难时期孤立自己，要主动寻求和接受来自他人的支持，这不仅能帮助我们渡过难关，也能加深人际间的连接和理解。

在生命的旅程中，每个挑战都是重生的契机，而每次重生，都让我们更接近自己真正的力量。

第四节

亲情为盾，护我周全

生命中，总有那么一个人，既是我们的软肋，也是我们的盔甲。

在安卡拉医院，得知Polat准备将我出车祸的消息告知国内的父母时，我立刻制止了他。我不想让父母承受这份忧虑，不想让他们时刻为我焦急。毕竟，对家人来说，这是一种极大的心理考验。

每当想到父母可能因我而焦虑，我心中便充满了愧疚。我向来习惯报喜不报忧。尽管我明白这件事迟早会被家人知道，我仍抱有一线希望，期待在情况稳定后再告知他们。

不幸的是，在我昏迷期间，旅行社终于承受不住压力，通知了我的家人。哥哥和嫂嫂出人意料地出现在重症监护室，我委屈地喊了声“嫂子”。那一刻，我终于明白，无论我表现得怎样坚强，我的内心始终渴望有一个坚实的肩膀可以依靠。

有了哥哥和嫂嫂的陪伴，我感到安心，不再是一个人在异国他乡孤单地承受。然而，我的病情复杂，未能如预期般好转，哥哥也力不从心，无法单独支撑我的治疗费用，这使得我们急需父母的帮助。

在手术后的第3天，我一睁开眼，就看到医生拿着纱布准备把我四肢的伤口包扎起来。住院两个多月以来，这是我第一次看到医生包扎伤口，哪怕之前刚刚在大腿处割了一块很深的肉补给左臂，医生也是让它敞开在那。

“怎么今天开始给我包扎伤口了呢？”我正疑惑着。过了一会，Polat走进来告诉我：“惠惠，你妈妈和舅舅今天下午会到安塔利亚。”我难以置信地再次确认道：“我的妈妈和舅舅？”

Polat回答：“对，他们是和上海及杭州旅行社的总经理一起来的。他们已经从安卡拉出发，预计下午一点到达。”得知这一消息，我变得异常焦虑，不时询问Polat是否有关于他们的新消息。这次的经历让我更加明白亲情的珍贵，意识到我和家人共享的时间是有限的，自此之后我对与家人相处的每一刻都倍加珍惜。

下午一点左右，舅舅走进来后，看了我一眼，不满地说："看看你把自己弄成什么样了。国内那么多好玩的地方不去，非得跑这么远来干什么？"说完，他便走了出去。我哥在楼梯口找到了正掉眼泪的舅舅。舅舅流着泪喃喃自语："怎么会这么严重？"舅舅没办法接受往日他最宠爱的外甥女今天伤痕累累地出现在他的面前。

母亲经过14小时的飞行后，终于见到了她日思夜想的女儿。她满脸泪水，准备拉起我的右手时，被旁边的嫂子阻止："妈，你不能直接触碰她，她现在的身体状况特殊，直接接触容易引起感染。必须戴上无菌手套。"

就在这时，我感到一阵冷热交加，身体开始颤抖，牙齿打颤……我怎么了？这是我自车祸以来，第一次如此明显地感受到自己的脆弱。家人也被这突如其来的情况吓坏了，我看着一个身影急匆匆向护士站冲去。随后，几名护士迅速跑进来，边让所有家属退出病房边迅速检查我的状况。

在护士的忙碌中，我逐渐平静下来，内心却在思索：如果这一次我真的撑不过去，我还有哪些事未做？如果幸运地渡过这一劫，我应该如何规划余生？在我心底，有一颗希望的种子正在萌发。

我想到一直在远方的父亲，他正苦苦期盼着女儿平安归来。我不能让父亲失望，我要坚强地活着，回到他的身边。

我无法改变现状，但是我可以改变对现状的诠释。

1.多看自己能够做些什么；

2.多看自己获得了什么，家人的支持是我内心最稳固的力量；

3.多鼓励自己，自己就是自己的赋能师。

我们可能无法控制生命所遇到的风暴，但我们可以学会如何舞动于风中。即使是在最黑暗的时刻，也要记得，生活不仅仅是一场生存的斗争，更是一次心灵的觉醒，一次对生命意义的深刻领悟。

第五节

濒临死亡的体验

在土耳其待了3个多月，为了保住左手，动了有二三十次手术，辗转了3座城市的医院。在那里，每一天签得最多的单子，就是病危通知书，而令我最熟悉的地方就是手术室和重症监护室了。

后来我才知道，我有两次昏迷是离死亡如此之近。家人问我："你知道为什么在第二家医院上一秒被医生通知可以回国，后一秒又被送进手术室吗？"

这个问题在第二家医院的重症监护室，我也纳闷了很久。我一直想问Polat，却一直没有找到合适的机会。直到我脱离生命危险后，家人才敢告诉我事实。

那时我因感染导致大出血而休克了，身上的血液只剩下70%了，给我垫左手的那个枕头全被我的血染红，医生说如果我们再晚一分钟去喊他，他就回天乏术了。

为了保住左手，医生从我的两条小腿一直到腹股沟淋巴处取了一些肌肉组织补在左手上。大腿处被取了4块手机大小的皮，左边大腿部又被取了一大块的肉补在了左臂上，同时在腹股沟处还被取了一块骨头。

对于这段记忆，我确实是空白的。只知道当医生宣布又要手术时，我问了一句“为什么”后，便晕过去了，等我再次醒来，已经住进了重症监护室。

有人说“度日如年”。对于我来说，在重症监护室的那段时间却是度秒如年。被推进重症监护室，迎面扑来一股寒冷的气息，抬头一看，四面没有一扇窗户。

土耳其的重症监护室一般都建在负一层或负二层，这种封闭、阴冷的环境就让人没有安全感。当时我又是在一个人生地不熟的国度，即使有护士24小时守在那，我也没办法与他们交流。

在重症监护室的日子，我想的每件小事都是有关死亡的。医生天天下病危通知书，我整日整夜睡不着，感觉自己的身体时时刻刻都是被束缚住的，鼻子上挂着令人讨厌但又离不开的氧气仪、身上插满各种监护仪器的管子、手上被一个吹风的机器吹着，我甚至怀念那间用医生办公室临时收拾出来的病房了。

时间就被我一分一秒地数过去了。终于在一天早晨，Polat给我带来一个令人振奋的消息。旅行社在多方打听下为我联系上了一个全球排名前16的权威专家，晚上就要飞到另一座城市接受专家的治疗。现在正跟航空公司协调飞行路线。

登机前，看着我体无完肤的双腿和血淋淋的左手，三四个医生正愁要如何把我抬上直升机。此时我就像小孩眼馋一颗许久的糖一样，牢牢抓住这颗缝隙的糖，迫切地对医生说让我自己来，我可以自己走上直升机。

仅仅只是几步，并且还是在几位医生的配合帮助下，我才满头大汗地登上直升机，但双脚落地的幸福感，让我铭记于心。这种幸福感不仅是因为摆脱了只能躺在病床上的束缚，更是让我感受到重新掌控自己生命的确定感。每一步都很沉重，很难走，却在我心中留下了无法磨灭的印记，提醒我即使无论什么时候，也要自己找到前行的力量。

经过一个小时飞行，我们来到了安塔利亚的一家私人医院。一到那里，我就被一位大胡子医生直接推进手术室。我从Polat那里得知，这位大胡子医生是奥米尔教授的首席助理，在我来的路上，他们已经研究过我的病情，认为我必须马上手术。而当我在手术室门口见到奥米尔教授时，教授对我说的第一句话就是：“送过来太迟了，但你放心，我会尽全力的。”

安塔利亚医院的手术室给人的感觉很恐怖，身上只有一块遮羞布的我躺在温度极低的手术室里，冻得我整个人都在打寒战。手术室的四周，摆着几张桌子，桌子上冰冷的手术刀、手术剪是那么令人心惊胆战。手术台上有4个大圆镜，把我身上血淋淋的伤口照得清清楚楚，血肉模糊、骨头支离破碎的左边小臂，看上去是如此让人瘆得慌。

那一刻我很害怕，奥米尔教授朝我走了过来，用他厚实的大手安抚了一下我的额头，告诉我不要怕，有他在。这个简单的举动让我内心十分温暖，我仿佛在暴风雨中找到了一个避风的港湾。

在这片刻的安慰下，我体验到一种从未有过的安全感，这让我相信，无论手术多么艰难，都有人在坚定不移地帮助我。这份信任成为我面对接下来挑战的精神支柱，我就是被这一份鼓励得以安心地进入了麻醉。

这一次，是我自发生车祸以来离死亡最近的一次。家人们说我昏迷期间一直在负一楼的重症监护室。在昏迷过程中，我的意识如梦如幻，在梦里，我悬浮在手术室上方，俯视医生们在给我的身体做手术，我发现在梦里，我的感官能力比以前更强了。

我甚至能飘浮到病房的窗户那里，一直坐在窗户口抬头仰望天空，梦里的我内心没有恐慌，只有一种深沉的平静感，时间变慢了，感觉经历了很久，耳边一直有人在跟我说着话，声音模模糊糊。虽然我无法作出回应，但是我能感受得到。我一直在想：到底是谁一直在我耳边念叨着呢？

我无法确定，如果没有他每天在我耳边跟我说话，我会不会醒过来？但有一点可以肯定的是，在昏迷期间听到他的声音，让我知道有人在念着我，也让我有了强烈的意识：我一定要醒过来！

我迷迷糊糊地被冷醒，是68个小时之后了，当时转头想看看周围有没有人，却发现脖子硬得如石头一般，任凭我怎么使力，脖子依然纹丝不动；我想转个身，却发现手和脚各自被绑在床头和床尾。

后来知道家人进来看过我一次，他们被我的模样吓到了，我整张脸肿得像充气娃娃，脸色苍白得没有一丝血色，躺在那里一动不动，哥哥吓得以为我没呼吸了，伸出手指放在我鼻子下，感受到我微弱的气息他才安心。

之后，医生把我送到了普通病房，而在重症监护室的护士蒋束也跟着一起到了普通病房照顾我。可能因为跟她年纪相仿的原因，虽然我们语言不通，但是我们通过手机的翻译软件聊得特别开心。

每一次在抹药时，蒋束总是戴着手套，小心翼翼地在我伤口的附近一遍一遍地抹着药。看着她抹药那一刻的模样，有一种胜似家人耐心照顾我的感觉。有人在我耳边叫我这个事情在后来也被证实，确实有位护士一直陪伴着我，唤醒我的意识。

这次濒死体验改变了我思考世界的方式，让我领悟到生命的无常，让我意识到，活得淋漓尽致不仅是一种选择，更是一种必须。

回顾那段黑暗的时光，我经常会自问自己几个关键问题，这些问题不仅帮助我理解了自身的变化，也常常启发我对未来不确定性的思考。每当我思考这些问题时，我都在寻找那些在困难中支撑我前行的内在力量源泉。

1.我如何在逆境中找到内在力量？这个问题让我意识到，我的坚韧和勇气往往在最不可能的时刻涌现，这种力量来自我对生命价值的深刻理解和家人、朋友的支持。

2.我要如何度过日常时光？我学会了在日常小事中寻找幸福，比如一次简单的家庭晚餐或是与朋友的深夜长谈。

3.我要如何追求更有意义的生活目标？这个问题激励我设立并实现那些能让我感到有成就感和满足感的目标。

通过反复思考这些问题，我总会再一次认识自己，也感受到内在积极面对生活的态度，这种态度让我无论面对什么困难和挑战，都能够带着力量前行。

第六节

重新定义自我，从破碎中重建生命

那段时间，我常和嫂子开玩笑："看，其他家是家属安慰病人，怎么到了我们这儿，反倒是我来安慰大家了？"我这乐观的性格大概是遗传自父亲。而哥哥的性格则更像母亲，一遇事就心事重重。

母亲这次来看我，本是一件令人欣喜的事，却也考验着我的心理承受力。我必须控制好自己的情绪，因为一旦我流露出痛苦，母亲只会更加手足无措。

身边的家人一脸忧愁的表情却不断地提醒我事情容不得我逃避了，远在国内的父亲在视频中也不断地跟我重复着一句话："我不在乎你少了左手，我只需要你活着回来。"

为了保住我的左手，医生从我的腿部移植了肌肉和骨骼到我的左臂。那手术听起来就像是科幻小说中的情节：医生用细如发丝的经脉和嫩皮修补我的手臂，而我的大腿上，肉块被订书钉般固定起来，看上去就像是打了一块儿粗制滥造的补丁。

手术后，为防止我活动，医生将我的左臂绑在床头，这对于我这样一个好动的人来说，简直是折磨。这种束缚持续了整整半个月。我的腿上，移植肌肉的地方隆起了肉团，皮肤被切割的痕迹犹如不规则的补丁一般，而取经脉的部分，疤痕密集，如同蜈蚣在爬行。

后来常有朋友问我："那时的痛楚，你是怎么承受的？"我告诉他们，虽然痛，但更多的是伴随着酸胀和麻痒的折磨，那是绵绵不绝的煎熬，让我夜不能寐。

有时候，我会情不自禁地大声呼喊，泪水伴随着抱怨："这样的日子，何时是个头？"那时，我多想能抱着家人痛哭一场，把这所有的疲惫与委屈都哭出来。

然而，就在我准备开口时，哥哥听到我的痛苦呻吟已经崩溃。这段时间，他每天都在承受巨大的心理压力。看着我，他无力而心疼，恨不得替我承受这一切。

当哥哥情绪崩溃，冲出病房的那一刻，我几乎想要跳下床去寻找他。幸好，护士及时赶到，阻止了我可能造成的更大伤害。

那一刻，我意识到我对家人的影响比我想象的要深远得多。哥哥的崩溃让我深刻感受到自己的病情带给家人的沉重负担。这种认知，虽然痛苦，却也是我成长的催化剂。我知道，从那时起，我不能再任由情绪主宰自己，更不能让家人因我而崩溃。

每当夜深人静，母亲悄悄地抹泪，我就会握住她的手，用我尚存的力气给予她安慰。我试着用微笑去缓和她的担忧，用坚定的眼神告诉她我会好起来的。

我开始更加积极地配合治疗，经常与医生和护士开玩笑，努力让病房的氛围变得轻松一些。每天，我都对自己说，无论病魔如何摧残我的身体，都无法摧毁我的意志。这种转变不仅是为了我自己，更是为了我的家人，我要让他们看到，尽管面临重重困难，我仍有坚强的信念和恢复的决心。

这段经历，也在我的心中播下了梦想的种子。当我想起“8·12”天津滨海新区爆炸事故、“5·12”汶川地震中那些突然失去生命的人，我感到自己其实非常幸运。我还活着，我还能通过自己的故事激励他人。

我下定决心，回国后要实现3个目标：

1.要帮助更多人；

2.要登上舞台，影响更多迷茫的人；

3.要出版书籍，借助我的经历传递给更多人坚定的信心和力量。

无论何时，都不要放弃活下去的勇气，因为活着，就有希望。

第七节

无常变化里，学会与恐惧对话

截肢手术后的第4天，我终于听到了医生的话，可以吃些轻食：水果、奶酪、沙拉，医院的餐单上甚至加入了冰淇淋。

那一刻，看到冰淇淋，我内心既惊喜又犹豫。冰淇淋，我真的可以吃吗？我的胃，已经有好几个月未真正接触过食物。尽管医生允许了，我还是选择了不吃。那个夏天，没有冰淇淋的清凉，但这并不影响我的好心情。

我询问医生："我可以正常吃饭了吗？可以喝水吗？"我的请求得到了医生的回应，他甚至特别指示厨房多准备一些食物给我。在母亲的悉心照顾下，我终于享受了一顿令人满意的餐食。

第二天，奥米尔教授让我尝试下床走动，这有助于恢复。两个月后，当我用双脚触地，那种感觉无比美妙。虽然我需要四五个人的帮助才能慢慢移动，每迈出一小步都让我头晕目眩，但那次的愉悦是如此真切。

然而，就在我开始适应新的生活节奏时，一个电话打断了这短暂的平静。翻译丹尼尔告诉我："医生说，还有一个小手术需要进行。"这突如其来的消息让我再次感到害怕。

在土耳其的短短两个月里，手术似乎成了我生活的一部分。多次手术后，我甚至开始混淆医护人员的名字。在病床边，筠姐用白板写下"阿弥陀佛"，这四个字我花了好几天才记住。

面对又一次手术，我的心态接近崩溃。"为什么我要经历这么多痛苦？"我无力地喃喃自语，直到累到无法再说话。治疗期间，大大小小的手术动了有将近二三十次。每天面对手术的不确定性，感觉到内在一些东西开始搅动，是不安和恐惧，我会问自己一个很重要的问题：我身体哪个地方最容易感受到害怕？

有时是一个具体的身体位置，有时是我的内心深处。这种恐惧在我内心深处蔓延开来，如同黑夜中不断扩散的阴影。

恐惧在我的心里游走，让我难以平静，让我对每一个小声响都感到紧张。我害怕手术，害怕恢复过程中的每一个挫折，害怕自己再也无法恢复到从前的生活，可是恐惧让我无处躲藏。

我开始试着与我的恐惧对话。

1.我试图保护自己免受什么伤害?

恐惧通常起源于我们的本能反应，它试图保护我们免受伤害。

2.如果我放下你，会发生什么?

我会去思考生活可能发生什么改变。

3.我们如何能够更平静地共处?

恐惧无法完全消除，有时我会深呼吸，有时会去思考积极意义，以此来减轻恐惧的影响。

我学会了认识身体和内心的恐惧，理解它，并试图接受它作为治疗过程中的一部分。拥有勇气，不是不感到恐惧，而是在恐惧面前依然能够选择前行。

第八节

成为自己的那座山

在截肢之前，我常常跟家人打趣到自己是哪吒转世，以为我可以和哪吒一样度过此关。但没想到，命运跟我开了一个很大的玩笑，在经历这么多次手术后，我还是眼睁睁地看着自己的左手从饱满有活力的状态逐渐开始失去光泽，越来越干瘪，看上去就像一位七八十岁老人的手一样。

同时，左手的无名指和食指渐渐冒出了黑点，手指上这些黑点随着时间的流逝，一天一天地扩散开来，直到后面蔓延到整个指头完全发黑。在夜深人静时，我开始与自己对话，接受了即将到来的手术是不可改变的事实。

手术前，我流着泪拒绝了护士的帮助，自己爬上了手术床。3小时后，手术完成，我对等待的家人述说手术间的苦楚。那天下午，麻醉过后，我苏醒过来，吐得一塌糊涂，直到晚上，才由母亲喂我喝了些雪梨汤。

凌晨，护士让我试着走路。我的脚步虚浮，每走一步，刚喝下的雪梨水就会吐出来，手术后未包扎的伤口还在滴血。那时，我以为那是最后一次手术，却没想到这只是生命给我的又一次考验。在医院的无数个夜晚里，当病房陷入一片寂静，身体的疼痛和内心的声音一起浮了上来。

这些声音让我无处躲藏，迫使我直面自己的脆弱和恐惧。夜深人静，身上的剧痛让我难以入眠。

一连串的疑问浮上心头：为什么偏偏是我要经历这一切？我到底做错了什么？这一切的痛苦有什么意义？面对一连串的疑问和困惑，我深知沉溺于这些消极思维中并不能带来任何帮助。因此，我开始努力寻找心中的光明。

我努力从每天的经历中寻找那些即使是微小的，但确实存在的积极方面。每一次与妈妈的温馨对话、每一次医护人员的鼓励、每一天能够看到阳光的清晨，我甚至回想起自己勇敢地面对手术，每次苏醒都代表着我又战胜了一次困难，这些都逐渐成为我心中的光明。

它们像是点点星光，逐渐汇聚成了天上指引方向的北极星，指引我走出心里的阴霾。我开始更加坚信，无论生命的旅程多么艰难，只要心中有信念，就没有什么是不可能克服的。这种转变不仅是对痛苦的一种逃避，更是一种深刻的认识，了解到每一次挑战都是生命的一部分。

我开始相信，不论面对怎样的困难和挑战，生命中总有无限的可能性和奇迹等待着我们去实现。正是这种信念，让我看到了康复不再是梦想，而是一步步接近的实际可能。

在困难面前，每个人都是软弱无力的，能拯救我们的，只有自己的信念与坚强。

我反复对自己说，不要忘记感受生活，即使是些很小的事情，永远不要丢弃感受生活的能力，请好好感受。

多问问自己：

1.发生了什么？

2.我的感受如何？

3.这件事带给我的积极意义有哪些？

这些话，是对自己，也是对你说的，希望我们都能成为自己的那座山。

02.

第二章

面对失去，转动心念

第一节

人间值得，你更值得

在安卡拉的医院，我有一次从手术中醒来时，整个人还是处于半梦半醒的状态。房间里透进一丝微弱的光线，就在这时，一位年迈的土耳其老奶奶走进我的病房。她在我床边铺下一块布，正准备跪下时，我被惊吓得哭喊起来："你要做什么？我还没有死呢！"

她听不懂中文，看到我哭喊，便不断摆手，嘴里说着我听不懂的土耳其语。面对这位老奶奶的神秘动作和听不懂的土耳其语，我感到极度恐惧。

她的每一个手势，都在我的心里激起了波澜。医院本身就充满了不确定性，每一个不熟悉的面孔和动作都可能是一个未知的预兆。当时，我已经被"死亡"的恐惧淹没。这一幕让我想起了在我们家乡的习俗，若有人去世，家人会跪在床边送行。这让我久久无法回过神来。就在我极度恐惧之际，Polat赶了回来。

Polat和老奶奶交流了几句，然后向我解释说："惠惠，这位老奶奶听说了你的情况，特意来这里为你祈祷。"Polat的话语缓解了我心中的恐惧。我试图从他的表情中寻找安慰，而那位老奶奶温和的目光也开始让我感受到了她的善意。

随着语言障碍逐渐被这份善意所克服，我开始重新回想我的恐惧。老奶奶的行为，虽然一开始让我惊慌，但实际上是一种深切的关怀和祝福。她无法通过言语来表达，只能通过自己的文化方式来传达她的心意。

在面对生命的脆弱和未知的时候，人们常常通过信仰和祈祷来寻求力量。老奶奶的祈祷，无论是出于哪种信仰，都是一种力量的传递——从她的心到我的心。这种跨越文化和语言的心灵连接，让我感受到一种共通的人性，那就是在他人困难的时刻伸出援手。

慢慢地，我心中的不安和恐惧开始被一种新的感觉所取代：一种对生命深深的感激和对每一个瞬间的珍惜。通过这次经历，我学会了在逆境中寻找那些不经意间赋予我们勇气和希望的行为。就这样，老奶奶的一次简单祈祷，化成了我内心一股温暖的力量，支撑我在未来的日子里，以更加开放和感恩的心态面对生活的每一次挑战。

不久后，又有一位陌生女士走进来。她安静地站在那里，用当地语言向Polat询问我的情况。虽然我听不懂他们的对话，但看到她目光关切地看着我，眼角泛着泪光，我的心中涌起了一股暖流。她突然转身离开，不久后带着两块毛巾回来，走到我的床尾，弯腰开始用冷毛巾擦我的脚，她说这有助于我的身体恢复。

她用冷毛巾擦拭着我的皮肤，我有一种莫名的温暖和感动。对于一个陌生人，她怎么可以这样不嫌弃地帮我擦脚？我心中充满了感激。

后来，我得知这位女士的丈夫也在医院中，情况同样严重。尽管她自己心中充满忧虑，却依然将爱和关怀传递给了我。

我的住院生活中，还有更多的恐惧与不安。左手的感染让我不得不转入重症监护室。在那里，我每天被各种仪器和管线包围，深刻感受到生命的脆弱。

但在这段艰难的日子里，每天早晨，清洁阿姨的到来总带给我一线阳光。她总是先向我打招呼，然后温柔地用医用棉签给我润湿干燥的嘴唇。她的每一个动作，都让我感受到被人关爱和保护的温暖。

当我躺在她怀里，听着她的心跳，闻着她身上的清新气息，我知道这是我在重症监护室中最强大的力量来源。在那里，每一天都是对意志的挑战，每一天，我都在重新学习如何珍惜和感激。

每个陌生人的善举，每个细微的关怀，都是我在这异国他乡医院中收到的爱与希望。面对生死，我们每个人都不是孤岛。爱与人性的光芒会穿透黑夜，让我觉得人间值得，我更值得。

你也可以试试这3个方法，让自己重新感受这种善意。

1.和有趣的灵魂聊聊天；

2.感受不同国家的文化；

3.去做自己想做的事，把每一件做好。

在爱与被爱中，我们每一个人都能找到属于自己的光芒。

第二节

好爱这个世界啊

在安卡拉的一家医院里，我面临着一个艰难的治疗过程。医生告诉我：“你的左手有两根血管一直未能畅通，现在我们需要借助高压氧气的力量来帮助疏通血管。”这意味着我每天都要花一两个小时去外面的疗养中心进行吸氧治疗。

初到这个类似太空舱的封闭空间，我身上插满了各种管子，包括点滴和导尿管。与我一起治疗的还有七八个素未谋面的陌生人，他们似乎已经习惯了这里的环境，还能边聊天边享用牛油果。我羡慕他们能如此轻松，但语言障碍让我只能默默坐在角落。

然而，或许是我的沉默引起了他们的注意，其中有一位叔叔从他的袋子里面掏出一个牛油果递到了我的面前，从他的动作当中，我知道，他是想请我吃牛油果。

我赶紧对着叔叔摇一下手，跟他说我目前还不能吃东西。因为有叔叔这么一个善意的举动，我紧张的心情放松了很多。

那段时期，可能是因为经历太多次手术的原因，以及这场车祸带给我太大的惊吓，我开始整夜整夜地失眠，医生给了我一粒安眠药，也丝毫起不到任何的作用。第二天护士再给我拿来安眠药时，被我直接拒绝。

一夜无眠的感觉真的令人抓狂，尤其是对于我这种不能下床，只能干巴巴地躺着的人来说。此时，我开始把注意力放在值班护士的身上。每一次看到她们，我总觉得这个时间要过得特别快一些。而她们在空闲时，也会来到我的病房，跟我聊两句。

让我印象比较深刻的是，其中有一个护士，至今我还不知道她的名字，但是她的笑容已经深深地刻在我的脑海当中。每次轮到她值夜班，她总会从家里给我带来一些水果，或是当地的特色食品。

有一天，她把自己手上的十字架手链卸了下来，递到我的面前，跟我说：“惠惠，这是我的护身符手链，这些年我一直带在身边，今天我把它送给你，希望它能给你带来好运，祝福你早日康复!”

而在当天，也是她在安塔利亚医院的最后一次值班。在那个晚上，我躺在病床上，她蹲在我病床的旁边，我们把自己最灿烂的笑容都定格在那个时刻，留下唯一一张合影。

在这片陌生的土地上，我经历了生命中最为艰难的时刻。高压氧治疗室的那段时间，以及无眠夜晚，每一个瞬间都深刻地考验着我的意志与勇气。然而，正是这些艰难的时刻，让我真切感受到这个陌生国度里友好的当地人无形的温暖与关怀。

从未能叫出名字的护士、医生的无私帮助，每一份温暖都是对我的最大支持。而其中最让我惊讶的莫过于在土耳其，在那里，我竟然吃到了家乡的菜。

那些日子，我对土耳其的饮食很不适应。每天都是些许沙拉、几片黄瓜、几颗橄榄，还有咸咸的奶酪等。看到医院里送的这些食物，我马上就开始愁眉苦脸，不断地叹气，“唉！今天又要饿肚子了。”

就在我对饮食不抱任何期待的时候，一天，我突然闻到一股非常熟悉的味道，顿时食欲大开。我马上朝着餐盒看过去。

“鱼香肉丝！”我惊喜地叫了出来。马上问母亲：“他们怎么会烧鱼香肉丝呢？”母亲告诉我：“这是医院的厨师趁着他们休息时间特意上网学的，并且刚刚还把你哥喊过去，让你哥尝尝是不是这个味道。”

至今为止，我都觉得那份鱼香肉丝是最好吃的菜，也令我十分难忘。这份鱼香肉丝让我感受到家乡的味道，像是一种心灵慰藉。在未来的日子里，无论我走到哪里，这份特别的鱼香肉丝和那天的情感都将成为我记忆中最宝贵的部分。

“好爱这个世界”，感恩那些在我遭遇困境时伸出援手的人。在安卡拉的医院，虽然有语言和文化差异，却依然能感受到人性中最温暖的那部分。这种跨文化的关怀，就像是一座无形的桥梁，连接着我和这片土地，让我在最脆弱的时刻感受到归属感和安全感。

这种温暖和关怀，让我对世界有了更多的信任和爱。每一次回忆起那些艰难的日子，我不再只是感受到痛苦和挑战，更多的是感激那些无名英雄——那些医生、护士甚至是陌生病友的善举。

他们的存在，让我明白在这个世界上，无论我们来自何方，语言如何不同，人性的美好和善良是相通的。这种发自内心的善意，是支撑我渡过难关的重要力量。

好爱这个世界，它让我相信，无论身处何地，爱与温暖总会找到我。

第三节

重视自己，你会抵达人生的旷野

面对挫折，常常有人会抱怨：“真倒霉，这件事情怎么发生在我的身上？”有人会因为这次的打击而一蹶不振，踏入黑暗地带，他的世界从此失去了色彩。

在国外治疗期间我的心态还算好的，每天积极配合医生治疗，就希望自己可以早日回国见父亲。所以当时哪怕面临截肢，我也是笑着在安慰家人，告诉他们：“我一定会活着回国的。”

在经历3个月的治疗后，我终于被通知可以回到我最爱的祖国了。我以为回来后，我只需要好好休养就可以了。然而没想到，在回老家过年期间，我的支架洞口处特别痒，当家人打开支架口的纱布，准备给我消毒时，却发现洞口处不断地有液体渗出。

我们都被这个情况给吓着了，一刻也不敢耽搁，马上去市里的医院，让医生看看到底是什么情况。

一去到医院，医生马上用生理盐水冲洗我的伤口处，当脓水被冲洗干净的那一刻，我朝里面一看，伤口什么时候变成血淋淋的大洞了？肉去哪了呢？

紧接着，我接到医生通知：尽早回杭州治疗。我被吓着了，当天就赶回了杭州。第二天一到浙二医院，李医生看到我的情况后，马上就给我开了一张住院通知单，并对我说，他会尽快安排手术。

没想到刚刚享受两天自由日子的我，又要被推进手术室了。一想到在土耳其二十几次手术经历，我顿时被恐惧淹没，难过得一句话都不想说。家人帮我去办住院手续的时候，我非常抗拒，护士来问我问题，我一句话也不说，眉头紧锁。护士悄悄走过去问我母亲："你女儿是不是撞到脑袋了？"

我当时真想回"你才撞到脑袋了"，但是我依旧不想说话。最后还是住院做手术，这一次住院，连续做了7次清创手术后，我的病情才得到控制。

手术的后遗症就是身体越来越虚，稍微走两步就气喘吁吁，并且不断地冒虚汗，导致刚刚换上去的衣服半个小时不到就湿得可以拧出水来。身上衣服还有一股酸臭的味道，因为体内的药水在代谢，更让我不愿意面对的是，我的体重一下子从70多斤涨到了130斤，走在大街上，总是会迎来一个个打量的眼神，我每天无比崩溃，看不到自己未来的希望。

我天天把自己锁在房间里，不出去，不见任何人，就连母亲喊我去医院换药我也不去了。我开始自暴自弃，母亲看我越来越没有活力，她很担心。一开始怕惊到我，很温柔地在旁边劝我去医院换药，看我依然沉浸在自己的世界中，她崩溃了。她已经不知道如何才能唤醒我了，她看着这样的我越哭越绝望，我是被母亲悲痛欲绝的哭声给惊醒的。

看到母亲哭得差点一口气没缓上来，我慌了，我被母亲如此无助的样子吓到了，马上跑到母亲身边，抱着她，和母亲一起坐在地上抱头痛哭，哭了很久很久。

把这段时间所受的委屈与痛苦，都发泄出来了。哭完之后总不能继续再哭，我问自己："程筠惠！你到底在干什么，那么难的日子都过来了，现在又有什么过不去呢？"

母亲的哭声让我开始明白：我很重要！我的喜怒哀乐，

决定我们这个大家庭未来的幸福指数，我不能轻易放弃。

而且如今我已经处在谷底，难道还有比这更惨的吗？既然如此，何不干脆从谷底爬出来，每爬一步，都是自己以后人生之路的一个加分项。

最重要的是，我从这次经历中学会了重视自己，它是向世界宣告自我价值的第一步。

第四节

改变诠释的力量

“妈妈，阿姨怎么没有手？”

每次逛街，这个问题总在我耳边回荡。一开始，这话一入耳，我便快步逃离，避免小孩那充满恐惧和好奇的目光，更不想听到家长们的解释，尤其是那种将我作为教育他们孩子的例子——“你看，阿姨就是因为没听话，才会这样的。”

工作后，同事们投来的目光提醒我，我和他们不同。无论走到哪里，我总是那个被特殊对待的人。有时，别人用充满遗憾的语气对我说：“这么漂亮的姑娘却没有左手，真是太可惜了。”

晨跑时，有人骑电动车超过我，远去后又突然停下，似乎在回味刚才见到的场景：我缺了左手的样子，让他久久不能忘怀。

这些目光最初让我心情沉重。为何他们要像看怪物一样看我？这使我开始自卑，开始怀疑自己的一切，甚至不敢拥有自己的想法。当别人都在追梦时，我只看到自己的不足。

我的生活变得越发痛苦，对人生也没了期待。我的情绪开始不受控制，一言不合就暴跳如雷。冷静下来后，我都难以相信那是我。

3年后，我的心态有了翻天覆地的变化。当我在路上再次被小朋友问到为何没有左手时，我会停下，走到小朋友身边，告诉他："阿姨在土耳其旅游时，大巴车翻了，因为没系安全带失去了左手。所以，坐车记得一定要系安全带哦。"小朋友们用真诚的态度对我说："阿姨，我长大以后要当医生，帮你把手治好。"

这种改变，源于我学会了"改变诠释"。就像我准备去社保局时，预想自己会排很久的队，没想到被工作人员优先处理，仅用20分钟便办好了所有手续。我没有再自我否定，而是觉得自己真幸运，有这么多人愿意帮忙，节省了我许多时间。

我开始对过度关注进行正面解释，对自己说："程筠惠，你是焦点。与他人站在一起时，你更容易被记住。"

同一件事，不同的解释，带来了不同的人生体验。就像富兰克林·罗斯福的家被盗后，他选择感谢：一是贼未伤及他的身体；二是贼只偷了部分财物；三是庆幸贼是别人，不是他。

我们每个人都生活在自己的解释中。这些解释不仅塑造我们的世界观，还决定了我们的行为方式。如果我们不改变这些解释，我们的行为也难以改变。

因此，人生就是这样，同一事件，两种解释，却能导致截然不同的生活结果。重新解释自己的生活故事，并以积极的视角来看待自己的经历，对我而言，已成为一种自我救赎的方式。

我开始明白，对于他人的目光和言语，我可以选择不同的反应方式。曾经，我允许这些外界因素定义我，让它们左右我的情绪和自我价值。但现在，我学会从每一次交流中寻找成长的机会，即使是最尖锐的评论，我也试图从中提取有益的部分。

比如，当人们对我的缺憾表达同情时，我会转而感谢他们的关心，并将对话引向我如何克服困难的经历，这样不仅有助于改变他们的看法，也让我自己的心态更加乐观。

自我接纳成了我生活的核心，我逐渐学会欣赏自己的独特之处，而不是仅仅关注缺失的部分。每当我感受到别人的目光时，我提醒自己，这只是因为我有一个特别的故事要讲，残缺不再是我的阴影，而是生命带给我更多的理解和成长的机会。

每个因残缺而带来的挑战，都转化为促使我内省、自我强化的力量。这些经历教会了我，生命的完整不仅仅在于身体的完美无缺，更在于心灵的坚韧与充实。

第五节

用高标准定义看待中性词汇

这些年，我有幸近距离接触了一些高手，而且是顶尖高手。他们要么是各自领域的先锋人物，要么自己企业的价值已经按亿来衡量。

他们身上有许多成功人士的素质，而其中有一项素质是共通的：对一个中性词汇，他们更愿意用高标准的定义去看待。

比如，学习这件事。有人会告诉你："认知决定变现的天花板。"也有人会说："学那么多干吗？又用不上。""学习"这个很中性的词汇，在不同的人眼里，竟然有不同的价值。

可这个世界，是被爱学习的人引导还是被不爱学习的人引导呢？我接触过的成功人士，暂时还没有见过哪一个会贬低“学习”这件事的。反而是一些混得不怎么样的人，喜欢拿“学习无用论”当成谈资，打发时间。

所以，看一个人的格局，就看他对一些中性词汇的定义。很多人对一些词汇的定义，都是模糊不清的，所以最后导致自己的人生都模糊不清。

最关键的，就看你是高标准定义还是低标准定义。

在2020年新冠疫情肆虐期间，我身边的朋友大多选择沉浸于各种消遣活动中，比如看剧、打麻将等。我觉得新冠疫情给了我一个机会，让我停下来思考，到底什么是我想要的。

在我感到迷茫不知所措之际，朋友圈里突然刷出了一条信息：之前就很喜欢的晋杭老师即将开始在抖音上直播。以往我与老师的交集仅限于课堂上的几次邂逅，未曾想到新冠疫情推动老师踏上直播这条新航道。

我觉得这是一次不容错过的机会，可以借此跟随老师深入学习。在老师直播初期，场观并不多，我决定成为他直播间的忠实观众。

许多人不理解我为什么要这么做，有人认为我被老师“洗脑”，有人觉得我太无聊，甚至有人认为我犯傻，但我对这些声音充耳不闻，因为我清楚自己的追求。

从第一次见到老师起，我便确信他是我一生的良师。过往没有机会深入交流，如今机遇摆在面前，我绝不能再错过。我曾告诉家人，我要添加老师的微信，并成为他的好友。

有了这个目标，我便付诸行动。无论老师何时开始或结束直播，我都坚守在直播间。起初，老师可能未曾注意到我，只以为我是众多观众中的普通一员。

然而，一周过后，我始终如一的出现让老师开始与我互动，并记住了我。这一周的陪伴让我逐渐发现，晋杭老师的与众不同，他总是在直播中与我们分享知识。

比如我一直想养成的阅读习惯，老师分享了他将大目标拆分成更小、更易达成的小目标的方法，比如每天只做一个仰卧起坐或读一页书，简化目标让我终于能够持之以恒。

在直播学习中，我学到的不仅是知识本身，更重要的是如何将这些知识应用于实际生活中，如何一步步实现自己的目标。通过简化复杂目标的策略，我不仅培养了阅读和运动的习惯，还学习了如何提升自己的公众演讲和社交技巧。

随着我不断吸收这些知识，我决定为我所学的知识付费，支持老师。如果只是一味索取而不给予，即使是再有能量的人也会失去动力。因此，作为一个从不参与直播的人，我开始学会充值抖币，偶尔给老师送上小礼物。

真正的学习不仅仅是知识的积累，更是行动的催化剂。

尽管身边的人不能理解我，甚至朋友们还特地来杭州想要劝我回头，我仍感激自己的坚持。因为我坚守自己的选择，现在与老师建立了深厚的连接，并在他的影响下，实现了自己的一个又一个小目标。

把每一个行动用高标准的定义去看待，这不仅会提高你工作的质量，也会提高你对自己的期望，从而在职业和个人生活中定立更高的标准。

最终，正如亚里士多德所说："每天反复做的事情造就了我们，然后你会发现，优秀不是一种行为，而是一种习惯。"

第六节

我选择不再遮掩，勇敢面对

我曾经在一家女性平台的《女性魅力智慧》的课程现场，做了一场演讲，很多人都被这场演讲感动到，他们说我分享的3个点直入人心，甚至有些同学还特意过来跟我反馈，觉得我完全可以往专业的训练师这条路发展。

那一天，我成了全场的焦点。但同时，他们也在私下里讨论着："为什么一个失去左手的姑娘可以如此自信地站在讲台上表达观点，而自己却做不到呢？"

听到同学们的讨论，我不禁想起前段时间，我还在跟朋友们分享一个事情，在刚发生车祸的那几年，都不知道自己怎么熬过这炎热的酷暑，那时候因为内心的自卑，还不敢露出自己的左臂。所以每一天，我都是穿着厚厚的西装外套，稍微动一下，就汗流浃背了。

我是从什么时候开始脱下自己的西装外套呢？

记得第一次走进进阶班，老师在课上说："一个人最强大的表现是敢于面对自己内心最真实的声音。"这句话击中了我的内心，我一直想走上舞台去演讲，但是我连最基本的面对最真实的自己都做不到，我的演讲如何能打动观众？一整天的课程下来，我的脑海中一直反复在思考这个问题。以至于老师后面在讲什么内容，我一句也没听进去。

晚上开始激烈的辩论赛，我抽到的辩论主题是"通才好还是专才好"。刚开始我还能理性地跟对方辩论得有来有往，可我越到后面，情绪越高昂，我情不自禁地撸起左臂的袖子，跟对方喊道："我都这样了，还要工作！"

后面老师帮我复盘这个事情时，我才意识到自己竟然在不经意间，在大众面前露出了自己的左臂。这样一露，自己并没有失去什么，内心反倒轻松了很多。

从那之后，这件外套我再也没穿上过了。

这些年，我一直跟着老师在学习。记得有一次在课上，老师给我们做过一个比喻：在销售的过程中，如果一开始就让你去销售大单，你不一定有信心完成。但让你先去找一个小单突破，这一点还是很容易做到的。当自己做到以后，再去突破大单，那个时候自己就有底气了。

虽然老师讲的是销售，但我知道，累积信心力量的底层逻辑是一样的。

从那时候起，每一次去到老师的课堂前，我都会问自己一个问题："这一次去，我要突破哪一点？"从刚开始的举手发言到敢于课上提问，每一次虽然定的目标都很小，可当我完成的那一刻，我还是很兴奋的。

当自己的内在力量越来越强的时候，我又开始重新定目标。比如站上舞台演讲，刚开始我说话结巴，站上舞台只能分享一两分钟的感受。而我会跟自己说："没关系，今天的你已经很厉害了，你已经突破了自己，站上了舞台。"

认可自己非常重要，这会让我们对于接下来的突破越来越有信心，同时也会让我们对自己下一次的突破有所期待。

每一次我都是在自我鼓励当中，不断地走上突破之路。

正是因为经过这3年来一次次的训练，才有了这一次站在有500多听众的舞台上自信地呈现自己。

不断累积自己的小成就，从这些小成就中，找回自己的自信。

第七节

面对每一个不敢，不要给自己设限

我们时常自我设限，总会想：我能做什么，我不能做什么？然而，真相是如果不去尝试，就可能错失良机。

2023年，每当我路过万象城的滑冰场，总会羡慕那些在冰面上英姿飒爽的滑冰者。我常想：何时我也能学会滑冰？然而，这个念头往往立即被我否定。

滑冰挑战的是人的平衡能力，车祸之前，我就因平衡能力差在滑冰时频频跌倒，如今失去左手后，我身体的协调性进一步减弱。

一天，爱金姐带着她的儿子小越越来访，问我万象城有什么好玩的地方，我推荐了滑冰场。

目睹小越越踏上滑冰场的那一刻，我终于鼓起勇气，为自己购买了一张门票。一开始，我也很害怕，害怕摔倒、害怕出丑，总是小心翼翼。

内心的每一个“不敢”，都如同一道壁垒，促使我将恐惧转化为行动的决心。每次当我感觉自己即将屈服于这些恐惧时，我会深呼吸，提醒自己这正是成长的瞬间。是的，跨越恐惧，迈向未知，这一过程本身就是对自我的一次深刻认识。

最初踏入冰场时，我确实被吓到了。“太滑了！”我和爱金姐都不敢轻举妄动。当我鼓起勇气向前迈出一小步时，立刻感到身体失去平衡，本能地想紧抓旁边的扶手。那一刻，我差点退缩，但又立刻意识到，若此次退缩，可能就没有下一次上场的机会了。

逐渐适应了滑冰的感觉后，我告诉自己不能依赖扶手。只有这样，我才有可能真正学会这项运动。于是，我尝试在离扶手稍远的地方滑行，这让我感到安全，但又不至于过度依赖。

即使放手，人们还是倾向于依赖近在咫尺的扶手。我决定不让自己总是惦记扶手，于是在爱金姐惊讶的目光中，我向滑冰场中央滑去，完全独立，只能坚持向前。从最初的紧张到最后的享受，我经历了一番变化。

事实证明，当我们真心想要做某件事时，即便无人指导，我们也能做到。正如《牧羊少年奇幻之旅》中所言：“当你真心渴望某样东西时，整个宇宙都会联合起来帮助你完成。”

第八节

我不感谢灾难，我感谢我自己

萨维奇博士说："你当然有权把今天看作悲伤而无趣的一天，但是，你真的要为弄湿的地板或弄脏的衣服而闷闷不乐一整天吗？为什么不想想，是怎样一股神奇的力量，让这个美丽的星球旋转，又是怎样一种力量，让你恰好在一个地方，恰好看到一缕阳光洒下，恰好照亮了星空，又恰好蒸发了叶子上的露水？不要让生命在神奇的循环中郁郁寡欢。"

就如同有人问我："会不会痛恨那位司机？"我说："为什么要恨他，人家也不希望发生这样的事情。并且，说不定他现在还深陷在愧疚之中。最重要的一点不是我原谅了司机，而是放过了自己。"

也有人问我提起车祸时是不是很伤心？我说："因为这次车祸，我懂得了珍惜，同时因为这次车祸，我找到了自己的梦想。也因为这次车祸，我开始有了学习的动力。但我并不感谢灾难本身，而是感谢在灾难中的自己，能够在逆境中找到力量和方向。"

每一件看似不利的事件都携带着成长的种子。将这种意识转化为实际行动，迷茫会在行动中逐渐消亡。

03.

第三章

面对内耗，自我突破

第一节

人生中的贵人，就藏在“麻烦”的背后

人际关系的最佳模式，是既不过度索取，也不过分独立，而是相互欠情。通过你来我往，让彼此知道，我需要你，你于我有恩。

你来我往，感情才能生生不息。人与人之间最长久的关系，就是互相麻烦，彼此感恩。心理学上有个名词，叫“依赖无能”，说的是很多人不敢麻烦别人，总害怕给别人添麻烦。

但其实，很多机会都藏在“麻烦”里。人与人之间的交往，最怕的就是，你不问，我不说。有句话说：“若想交情长久又深厚，就得学会‘亏欠’人，因为这能让人感觉到重视感和参与感。”

有时，只要不是太过分的要求，适当地麻烦别人，并非是一种索取，而是在维系一种关系。人这一生，不可能永远顺风顺水，懂得麻烦身边的朋友，向他们求助，也是一种智慧。

也许，你人生中的贵人，就藏在“麻烦”的背后。好的关系，都是麻烦出来的。

2015年我发生车祸，失去左手的我以为自己要失去事业了。在我最低谷期，我的前任老板，我经常喊她为“老姐”，她给我打来电话邀请我回去上班。

“我回去能做什么?”因为以前自己是店里的美容师，是手艺人，可没有了左手还怎么服务客户?

老姐说：“你可以回来做管理。”

这句话对我来说，就像在绝望中抓到的一根救命稻草，让我重新找到生活的方向。老姐不仅给了我工作上的支持，更在我人生的多个关键时刻伸出援手。

就像两年前，我母亲被诊断出甲状腺癌，那段时间我几乎每天都在茫然和恐惧中度过。我常常独自望着天空，眼泪不知不觉就顺着眼角流了下来。老姐注意到我的不寻常，她不仅询问了我的困扰，还迅速动用她的关系，帮我联系到治疗甲状腺癌的专家，为母亲安排了手术。她的热心让我心中的重担终于得以放下。

我的职业生涯也因老姐的帮助而有了新的起点。回想起来，老姐帮我处理了大大小小无数的事情，从侄女在杭州读书的学校安排，到我车祸后的法律赔偿。在我的生活中，老姐就像是一个永远的后盾，无论我遇到什么困难，她总是第一时间出现，给予我最大的帮助和支持。

也正是因为老姐，我才有机会遇见晋杭老师。那是在我经历车祸几年后的一天，老姐问我是否还记得我的舞台梦。当我回答“想”时，她已经开始为我寻找机会。

她通过朋友介绍，带我去深圳参加晋杭老师的课程，老师是一位曾参加过《超级演说家》的著名讲师。那一次的经历，不仅让我对公众演讲产生了浓厚的兴趣，也让我认识到自己潜在的能力和魅力。老姐的无私帮助和对我的信任，使我能够在人生的每一个阶段都不断进步和成长。

一次，在晋杭老师的课上，老师说：“贵人是麻烦出来的。”是的，人与人之间的深厚感情，往往是在共同经历中培养出来的。无论是工作中的挑战，还是生活中的困顿，老姐一直是我深深感恩的贵人。这些共同的记忆和经历，是我们情感链接的桥梁，也是我今后生活中不断前行的动力。

人与人之间，会隔着一扇门。麻烦别人的过程，就是推开了这一扇门。如何找到贵人，分享我自己践行的3个方法。

1.积极主动，不耻于求人的人更容易获得帮助；

2.分清楚“求助”“乞讨”“添麻烦”“占便宜”之间的区别，就离正确的概念不远了；

3.事后及时和贵人反馈，告诉贵人事情的进展。

生活中，没有人有义务无条件地帮助我们。一句谢谢，一次回馈，不只是礼貌，也是一份尊重与善意。

海明威说：“没有人是一座孤岛，在大海里独踞；每个人都像一块小小的泥土，连接成整个陆地。”互不打扰，永远不会产生交集。正是因为有了恰当的麻烦，才有了关系的建立。

在你困难的时候，你有可以麻烦的人，这是一笔隐形的财富；在朋友有难处时，你能成为他想麻烦的人，这是一种可贵的信任。真正决定一段感情的，是你们的心。好的关系，始于“麻烦”，久于感恩。

第二节

不逞强，接受别人的帮忙

上野千鹤子说：“你们的努力，请不要只用在战胜他人和自己往上爬等方面。也不要因为自己优裕的环境和能力而蔑视没你们幸运的人。请把你的幸运和天赋用于帮助这些人。另外，不要逞强，要勇于承认自己的弱小，大家彼此相互支撑下去。”

可我从小就不是那样的人，如果有人说我做不了什么，我的内心立刻会激起反叛的波涛：“凭什么说我做不了，我偏就不信了。”尽管我知道对方可能出于好意，但我的本性使我难以轻易妥协。

事实上，这种性格曾经帮助我克服了无数挑战。而车祸之后，我变得更加敏感，经常告诉自己：“别人能做到的，我也一定可以。”我一直走在一条不停证明自己的道路上，我的朋友徐芳芳经常会说：“程筠惠，你为什么一定要那么逞强，偶尔放松一下自己，让别人照顾一下你，不好吗？”但对我来说，那意味着放下的不仅是负担，更是我的自尊。

我记得和石慧在车上的一次闲聊。她好奇地问我：“为什么你一定要和别人去抢着干一些事情，这些事情明明可以让其他人干？”我回答说：“和你们在一起时，如果一直是你们在照顾我，我会觉得自己一点价值也没有。这时候如果你们给我一些事做，哪怕只是给你们拿拿碗、倒倒水，我也会觉得很开心。”

石慧说：“刚开始认识你的时候，老师是安排我来照顾你的。但跟你住在一起后，却发现都是你在照顾我。”确实，我总是想着去多做一些事情，希望证明自己跟他们一样。

那年春节，当石慧发来信息问我是否会参加在老师家的晚餐时，我马上打开了预订平台查看从杭州到晋江的航班。因为太赶时间时了，机票早已售罄。

我不甘心就这样放弃，继续寻找其他可能。第二天，我终于抢到了一张动车票。上午10点多才出发，到老师家时已经是下午5点多了。

晚餐时，可能是因为长时间乘车，也可能是晋江的环境让我感到不适，我感觉到自己的喉咙干痒，嘴巴上也像起了厚厚的一层皮，整个人晕得不行。就在这时，看着服务员送上来一扎米糊状的饮料，赶紧给自己倒了一杯。

当我拿起那扎饮料时，“天哪，好重！”一只手的我举起它有点困难，差点没拿稳。坐在我旁边的阿珊问我：“惠惠，我来给你倒吧？”

我连忙拒绝了阿珊的帮忙，说自己可以的。

但在倒饮料时，我感觉整个人越来越晕，一边倒饮料手一边在颤抖，有好几次都把饮料倒在了外面，那一刻我非常着急，很担心自己连这么简单的动作都做不好。当我终于坐下来时，转头一看，阿珊正用她既温柔又带着心疼的眼神目不转睛地看着我，她那欲言又止的样子，我知道她不想拆穿我的逞强。

这样的事情还有很多，比如有一次，在老师的《演讲力》签售会现场。我看到同学们都在帮忙搬书和找资料，每个人都在忙忙碌碌，而在旁边无事的我非常的不知所措。扫视了一下全场，我唯一能干的就是帮着他们搬书了。于是，我抱起一叠书准备搬进会场，旁边的同学看到之后，马上对着我喊道：“惠惠，你放在那里！没关系的，让我们来搬！”

我担心自己快坚持不住了，但我还是笑着跟他说：“没关系的，我可以的。”走进电梯，一位同学还是很热心地从我这摞书中拿去大部分的书放在他的那一摞书上，手上的负担一下子减轻了很多，我朝同学投去感激的眼神。

生活中，面对这些琐碎的事情，我逞强的时候太多太多了……身边的朋友也时常让我放松，别把自己逼得太紧。但都被我挡了回去！

直到有一天，我们在晋江游学，老师的妈妈非常热情地给我们烧好当地的特色菜。然后用碗一份一份地帮我们装好，摆在了桌子上。我和同学赶紧走上前去一起帮忙打包，当我拿起盖子准备把碗盖上时，却发现自己怎么也对不准碗口。

盖子一盖上去，这个碗就像个顽皮的小孩子一样，到处逃，不仅把里面的汤洒得到处都是，并且差一点连碗一起贡献给土地公公。我和这碗汤较了半天真，也没盖上一碗，而旁边的同学几乎全都把汤打包好，只剩我面前这几碗了。

阿姨和同学仿佛商量好似的，把我身边的几碗汤拿了过去，几秒钟的时间就完成了打包，并且阿姨顺手就拿了一块抹布，把我刚才弄脏的地方清理干净了。

没有帮上忙，反倒还添了些麻烦。看到正在给我收拾残局的阿姨，当时的我特别愧疚。回来时，我坐在车上一直在思考，不断地反问着自己："我为什么一定要去证明自己呢？这样逞强的意义何在？"

慢慢我才开始意识到，放下"证明自己"的执念才是最难的。很多事情不一定是自己做到，就证明我很厉害。学会放下，接受别人的帮忙反而更有利于事情的完成。

就像一个团队一样，一个人完不成大事情，只有团队齐心协力才能共创奇迹！于是，我开始学会向身边人"示弱"。鞋带松时，我会对身边人喊："彩姐，能帮我系一下鞋带吗？"瓶盖拧不开时，无论旁边这个人自己认不认识，我都会问对方一句："能帮我拧一下瓶盖吗？"东西太重搬不动时，我也开始请求他人的帮助。

我不再像往常一样，被束缚在自己思想的牢笼里，而是开始学会示弱，选择向他人寻求帮助。我发现通过这样的方式与身边人相处，反而有意外的收获，那就是我们之间的关系越来越近了。

人的生命短暂，何必为了面子而逞强显能呢？过度的消耗不仅没有帮到自己，往往会给自己带来重大的损失，同时也给未来的人生道路设下陷阱。

第三节

情绪背后，一定隐藏着某种理性的需求

美国著名管理学大师史蒂芬·柯维曾经说过一句话，大概意思是：很多人倾听的目的，并不是真的想倾听，而是为了听完之后怼回去。

人的大脑里有两套系统。为了描述简便，我们把第一个系统叫“痛快系统”，第二个系统叫“渴望系统”。这两个系统，“痛快系统”负责的是人痛快的感觉，而“渴望系统”负责的是人渴望的感觉。

也就是说，当你特别想干一件事时，你背后的动机，其实是分成两层的。有的事，是你干完之后，觉得特别痛快的。但这个痛快是一时的，并不是你发自内心的渴望。

比如，两人吵架，其中一个人就总有种冲动，觉得我要是骂对方一顿，该有多痛快。但是，等你真骂完，往往是越骂越生气。这就是这套痛快系统的特点，它很有欺骗性，它能让你感觉，你只要这么做，就能特别爽。前面我们说的“怼回去”，就是典型的由“痛快系统”驱使的行为。

但是，另一个“渴望系统”不一样。它关系到我们内心深处，那些最深层的渴望。比如，我们都渴望被关爱、渴望被倾听、渴望被尊重。一旦这些需求被满足，不是一时的痛快，而是长久的满足。

当你在生气时，两套系统其实都在给你发信号。比如，吵架时，“痛快系统”就告诉你，骂回去，骂完你就解脱了。但是，“渴望系统”会告诉你，不要这样做，你内心深处真正想要的不是吵架，而是一段美好的人际关系。而事实往往是，“痛快系统”的信号特别强烈，声音完全盖过了“渴望系统”。曾经，我也被“痛快系统”主导过。

我和嫂子在琐碎的事情上不止一次争吵。这些争执看似小事，却总能触发深藏的情绪波澜。

第一场争吵发生在整理周菲的档案时。我正忙于归类文件，心思集中。突然，嫂子的声音打断了我的思绪，她误以为我提到了另一个客户倪姐。我试图纠正她，却被她坚称是我记错了。这场无意义的口角，就在这种误会和争执之间悄然滋生。

随后，我们各执一词，空气中弥漫着固执与不满。她一再重申错误在我，我因一天的沟通劳累和例假带来的不适，几乎忍无可忍。我尝试通过承认错误来结束这场争执，希望通过低头认错来堵住她的嘴，但这并未如愿。她似乎要我彻底承认错误才肯罢休，而我却无法做到淡定认输，反而本能地开始反驳。

我实在不想继续这场无意义的对话，只好重复道歉，试图以此结束争吵。然而，她似乎还意犹未尽，继续用“你每次都这样”来攻击我。这句话如同利箭，直击我心中最脆弱的部分，让我几乎窒息。

我决定不再回应，默默地走下楼梯，开始反思这场争执。我问自己，这种争论真的值得吗？它对我们的工作有帮助吗？答案是否定的。它只会让我们的情绪更加糟糕，影响我们接下来的工作状态，我感受到我内心深处“渴望系统”的声音。

我们并不缺少与人为善的动机，只是当时被“痛快系统”控制了。而我们的任务，就是让“渴望系统”占据主导权。

那么，应该如何处理这样的情况？

1.尽量少跟别人做比较。做比较，会在你意识不到的情况下，一点点切断我们心中对他人的善意。

2.把“不得不”，变成“我选择”。比如把我不得不道歉，变成我选择道歉。任何时候，我们都会有选择。

3.学会鉴别情绪，正确认识自己的情绪。没有无缘无故的情绪，情绪背后，一定隐藏着某种理性的需求。比如，渴望被倾听、被关爱、被欢迎等。就像心理学家卫蓝老师说的，情绪其实也是一种理性，只不过，是暗理性。也就是在暗处发生作用，帮助我们做出合理决策，但你又意识不到。

这3个语言习惯的核心，就是通过改变言语，来消除我们心中的戾气，进而让我们和别人之间充满善意。

第四节

相信，是万能的开始

陶渊明的《桃花源记》，是这样描写进入桃花源的过程的："林尽水源，便得一山，山有小口，仿佛若有光。便舍船，从口入。初极狭，才通人。复行数十步，豁然开朗。"

我觉得这是一种隐喻，代表新信念诞生的过程，似乎都要经历一段不好走、让人想要挣扎的心路历程，才能慢慢来到一个更大的世界。

曾经，我苦于视频号的直播没有场观，每天的坚持对我来说都很折磨，还记得有一次，直播开始的前20分钟里，直播间就只有我一个人，静得出奇。

屏幕前的空荡荡，让我感受到前所未有的尴尬和孤单。那时，我内心深处迫切地期望着有熟悉的朋友能早点出现，不断地左顾右盼，却始终不见朋友们的身影。

情绪的焦虑几乎让我想要放弃，但就在那一刻，我突然挺直了腰板，眼睛紧盯着镜头，心中暗示自己："程筠惠，即便今天直播间只有你一个人，你也必须坚持坐在这里整整一个小时。"这种自我激励，虽然简单，却异常有用。

就在我下定决心之后，我看到岚姐进了我的直播间，紧接着严国正也加入了。他们不仅活跃地与我互动，还频繁给我点赞。由于他们的加入，我的直播间流量开始有了显著的提升。不久，敏玲和阿朱也相继出现在直播间。

虽然阿朱和敏玲的到来在我的预料之中——毕竟阿朱早已承诺会来支持我，只要她不忙，肯定会第一时间来到直播间；而敏玲与我一直互相关注，并且她最近也开始直播，偶尔能够看到我的直播也是很正常的事情。但她们的出现无疑给了我极大的信心和支持。

直播中还有一位意外的观众使我感到惊喜。她的视频号名字叫"一条鱼"。直播结束后，我查看关注名单才发现，原来她是我的客户俞优靓。

她不仅整个直播时段都在，还积极与我互动。虽然那天直播间的人数只有5人，但俞优靓的加入无疑是我最大的惊喜，因为这说明我的直播已经开始吸引客户的关注了。

直播结束后，我与岚姐一起复盘今天的直播。岚姐认真地对我说：“惠惠，你的念力已经开始发挥作用了。我能感受到你的能量，你一定能站在更大的舞台上，因为你天生就是为了舞台而生的。”听到这些话，我心中一阵激动。

信念是一种能量，而这种能量源于我们内心的坚定和信念。正是这种力量，让我在直播的那一刻选择了坚持而不是放弃，最终也感染了每一个进入直播间的人。

一位心理学家曾经说过：“相信信念的力量，唤醒你体内酣睡的巨人。它比任何神仙都更强大。”

信念，决定着我们潜能的发挥程度。当一个人相信自己能做到某件事的时候，他的潜能开关会被打开，就更有可能做成这件事。因为信念可以激发潜能，潜能的大小决定着行动的力量，而行动的力量决定着最终的成效。

一个人相信自己能够成功，信念就会鼓舞他向着成功进发；如果一个人相信自己会失败，信念就会拖累他，妨碍他的行动，导致最终失败。

积极的信念，衍生出强大的信心，可以帮助我们完成各种事情，包括那些被别人看作不可能完成的事情。那么，如何构建积极信念呢？

1.学会自我肯定。自我肯定不是自夸，而是对“真实的自己”的认可；不是自己比他人更优秀，而是无论优秀与否，自己都能接受的心理状态。

2.有所为，有所不为。建立边界，构建自己的能力范围。

3.言出必行，言出必准。也许你对自己的现在不满意，但是没关系，只要坚持改变，一定可以变得更好，人生本来就是这样一个过程。当你逐渐能够把自己说出的事一件件落定，内心自我价值的根基就会非常稳固。

在构建积极信念的路途上，每个小成就都是铺设成功大道的砖石。坚持自我肯定、设定明确的界限，并恪守承诺，这些都是自我成长的坚实基石。

第五节

如果失败了，我会觉得还好我还年富力强

自那次意外发生后，我的生活戛然而止，就像是一场电影突然暂停在最激烈的一幕。我的左手，那只曾经和右手一起拼搏、创造无数可能的左手，就这样永远地被一场车祸夺走了。

医院的白墙、刺鼻的消毒水味、医生同情的目光……这一切，都深深地烙印在我的记忆里。

然后，就像是命运的剧本里总要加入一些角色来充当推动剧情的“助演”，我的身边突然冒出各种声音。这些声音中，有的是同情，有的是可怜，还有的则是各种充满善意的建议。每当这些声音涌向我时，我都会陷入深深的思考，难道失去左手，我就必须变得比其他人更加弱小

吗？难道这就意味着我不能有自己的追求了吗？我是应该按照长辈们的设想，找一个“老实本分”的人安稳地过完余生吗？

我是失去了一只手，但我并未失去为自己而战的权利。在生活中，类似这种打着“为你好”旗号的建议并不少见，可我从小就不是那种乖乖听话的女孩，长大后，我的个性更加独立和坚定。

即使我的身体因一场事故而变了形，我那颗不服输的心却丝毫未受影响。去年，我意识到自己在目前的工作岗位上无法满足内心的渴望。这种感觉就像是内心深处有一股力量在推动我向前，于是我开始考虑卖掉房子，扛起创业的大旗。

当我把这个决定告诉父母时，他们表示强烈反对。一天晚饭后，他们严肃地对我说：“你不能卖掉房子，那是你的最后保障。”但他们也知道，这样的话对我来说不会有任何影响。他们无奈地又请来了舅舅做说客，试图用家庭的力量让我改变主意。

这种情况下，我只觉得自己的反抗欲望更强烈了。我感觉自己的能力受到了质疑，别人怀疑我可以理解，但家人的不信任让我非常受伤。他们最清楚这些年来，我有多努力地适应和克服困难。我从不需要特别的照顾，反而是这次的车祸让我更加坚信独立生活的重要性。我开始勇敢地独自出远门，越来越自信，不断地突破自己。

然而，即使是家人，也不总是能理解。在他们眼中，我的每一次尝试都是冒险，每一步都可能是走向失败的边缘。但我不这么看。那套房子，对我来说，不过是一种投资。而现在，我选择了另一种方式去创造价值——通过我的决定和行动。

“如果你有梦想，或决定做一件事，那么就立刻行动起来。”这句话成了我前进的动力。在决定后不久，我就将房子挂出市场。出乎意料的是，尽管经济形势不佳，房子很快就引起了市场的关注。经过一次电话交流后，买家就决定购买了。

在这整个过程中，我没有再向家人提起这件事。我知道，他们现在可能无法理解我的选择，但我也不会因此而停下前进的脚步。我坚信，时间会让他们看到我的决定是正确的。

如今，我时常会听到人们说：“程筠惠，我真的很佩服你的勇气。在这么困难的时刻，你怎么还敢辞掉稳定的工作，然后去卖房创业?”他们的话中总是透着对失败的恐惧：如果你失败了，你将一无所有。

但我不同意这种看法。对我来说，失败是成长的一部分，是我人生旅途中不可或缺的一课。我始终认为，对自己的人生负责，意味着要在看到自己的极限时做出改变。如果我知道自己已经达到了工作的天花板，那么我就应该追求新的机会。

这种坚持最终让我的父母从反对者变成了支持者。而我，在忙于事业的同时，也在追寻自己的梦想。如果你的生命中遇到了想要挑战的事情，可以从以下这3个方法入手。

1.扩展舒适区，向前一小步。开始尝试一些小的、风险较低的新事物，以此逐步拓宽你的舒适区。

2.制订详尽的计划与备份方案。仔细规划每一步的行动方案，包括最坏情况的应对策略。这样做不仅可以帮助你预见并减少潜在的风险，而且还可以让你对未来更加有信心。

3.找到志同道合的人，如果找不到，自己成为一支战队。

趁着年轻，不要害怕冒险。这才是生活的真谛。

第六节

出书，让个人挑战转化为创作动力

生命是一条不容回头的单行道。我常思考，启程前，我们必须明确自己想去哪里。这样，我们脚下的路径才不会偏离，中途也不至于迷失方向。

每当我想起这个道理，我就感到一种莫名的力量。自从那场意外的车祸之后，我心中始终有一个梦想——出书。如果我不敢迈出这一步，这个梦想将永远遥不可及。我已经“死”过一次，我不想再带着遗憾离开这个世界。

晋杭老师曾经对我说：“筠惠，你需要一份背书。而出书就是最好的选择，这件事也许对别人来说很难，但对于我来说并不是什么难事。所以你就负责写，其他的就交给我。”

老师的话就像是一剂强心针，让我意识到自己并不孤单，在这条追求梦想的路上，有人一直在关注和支持我。这种感觉极大地提升了我的信心，让我更加坚定地走在实现个人出书梦想的道路上，不断磨炼自己的写作技巧。

《成为作家》这本书中有这样一句话：“只要你面临才思枯竭的危险，记住把铅笔和纸张放在你床边的桌子上，早上醒来就开始写作。”我不仅早起写作，还找到工作单位附近的西西弗书店、矢量咖啡店，经常在里面刻意练习写作，一待就是几小时。生活中，抓紧一切时间写作，甚至直接站在动车站出口写书稿。

写书的那段时间，我有种不分昼夜的投入感。有时，缺乏灵感的挫败感会让我不知所措，自我怀疑的阴云也会笼罩心头。但每当想到自己离梦想又近了一步，精神便会一振，继续沉浸在思维的激荡中。有时，写着写着我就哭了，再写着写着，又会心一笑。

随着时间的推移，我逐渐认识到晋杭老师的话，不仅是对我能力的认可，更是一种激励和挑战。老师通过这简单的一句话，不仅传达了对我的期望，也激起了我内心深处的一种使命感。

我需要不断地学习，不断地进步，不辜负老师的期望。这种责任感成为我不断前进的驱动力，无论遇到什么困难，我都会以更加坚韧的态度去面对。

所以，当迷茫和不安向我袭来时，我会停下脚步，深呼一口气，然后问自己：“我究竟想要什么？是一份稳定的收入，还是一段轰轰烈烈的生活？”只有当我确定了自己的真正想要的，我才能全力以赴地追求它。

写作，是一种疗愈。在写书的过程中，我找到了自己的声音，我的故事，以及实现梦想的勇气。我知道，每一本书，每一个词汇，都是我与这个世界对话的方式。

而老师在我写书的路上以不同的方式鼓励我。2020年6月12日，老师直播满100天，记得当时，老师曾对我说过一句话：“惠惠，我要用我手中的笔写下我和你之间的故事。”我以为老师是在开玩笑，可有一天，老师问我：“惠惠，你知道我把你写进书中的第几页吗？”

我心头一振，曾经我以为是老师客气说的一句话，没想到老师不声不响地已经完成了，我的故事就这样被写进了老师的第4本书《高情商沟通力》，老师常跟我们说“先做事、再造势”，他总是用言传身教的方式影响着我。

人生之路，感恩生命中幸运地遇见了老师，在这样的教导和鼓舞下，我开始更加重视每一个字的分量，每一段故事的意义。这种转变让我的写作不仅是一种表达，也成为一种创造。故事的力量在我的笔下逐渐显现，每一个章节都仿佛是与读者的心灵对话。

在这条路上，我学会了耐心，学会了坚持，也学会了在失败中寻找新的开始。正如生命中的每一次不幸都是成长的催化剂，写作亦是我的生命历程中不可或缺的部分。正如我从未想过将自己的生命经历化为文字，分享给你，可如今都成了现实。

给你分享我写作的3个技巧。

1.明确写作目的和读者。在写作之前确定自己的目的和方向，这不仅有助于聚焦主题，还能确保语言和内容与读者的期望相匹配。

2.情感投入与真实体验的结合。这样的写作不仅能够触动读者的情感，还能增强作品的真实性和说服力。

3.不同的写作环境。通过在不同的环境中写作，你可能会受到新的启发，同时也能保持创作的新鲜感和动力。

在这个过程中，我明白了自己的目的地不仅是出版一本书，而是通过我的故事，启发他人勇敢地走自己的路。我是在书写自己的生命之歌，每个字每个句子都是分享心中无限的希望与梦想。出书，是一个新的开始，一个向着更广阔天地展开的壮丽篇章。

第七节

会拒绝，建立自己的保护屏障

在我的生活中，“不”这个字似乎特别难以说出口。从小到大，我总是努力迎合他人，满足周围人的各种要求，哪怕这意味着牺牲自己的利益。

这种习惯逐渐成为我性格的一部分，也逐步塑造了我与人交往的方式。但直到遇到了一系列让我深刻反思的事件，我才开始意识到：学会说“不”，对于维护个人界限和尊严，乃至构建健康的人际关系都是至关重要的。

记得有一次，一个朋友向我借钱。当时，我口袋里的钱只够维持基本的生活开支，但为了不让朋友失望，我甚至开始预支下月的薪水。这就意味着，每个月当我收到工资时，别人是满心欢喜，而我却是一脸忧愁，因为那些钱已不再属于我。

那一年，我的生活质量急剧下降，最痛苦的是，当家人急需用钱时，我发现自己竟然连最基本的帮助都无法提供。

当我向那位朋友透露这些困境时，我本以为她会主动还款。然而，出乎我的意料，她却对我诉苦，说她现在的生活非常困难，连日常开支都是刷信用卡度日。她的话让我哑口无言，不知该如何是好。

不久后，我在她的社交媒体上看到她晒出新买的奢侈品包包，甚至还报了一个昂贵的培训课程。这让我心里很不是滋味，我不禁想：你有钱买这些东西，却没有钱还我。你的透支是建立在我的信任之上，这份信任在一点点被侵蚀。

尽管心中满是怒火，我却始终没能开口要求她还钱，总是维持着那个老好人的形象。

一次，我的朋友对我说："如果你想帮助别人，你首先得有能力。你连自己的生活都未曾安排妥当，却还不停地付出，最终只会让自己陷入更深的困境。你以为是在帮助朋友，实际上是在给自己树立敌人。"

她的话如同当头棒喝，使我开始反思这些年的种种付出。我回想起与那位朋友的点点滴滴，从最初的亲密无间到后来的借钱不还，我的怨气越积越深。

尽管她最终还清了借款，但我们的关系已无法回到从前，甚至变得疏远。我经常陷入深思，为何自己不敢拒绝别人的请求。我意识到，我之所以不敢说“不”，是因为我害怕这会让我们的关系变得疏远，影响我在朋友圈中的地位。

所以，我总是试图取悦别人，但这种行为却透露出我的软弱，易于被他人操控。正如我再次向她索要欠款时，她的借口荒谬至极，我却无力坚持自己的立场。

我曾认为，对别人好，尽力满足他们的要求，就能建立稳固的关系。但是，我们的退让、讨好和委曲求全并不能赢得他人的尊重和认可。

勇于说“不”，有时反而能赢得更多尊重。

如今，面对每一次请求，我学会了衡量自己的能力和情况。我不再盲目地迎合每一个请求，而是学会适时地拒绝，尤其是当这些请求对我个人的生活和情感造成负担时。

学会说“不”是一项重要的沟通技巧，它可以帮助我们更好地管理个人时间和资源，维护自我边界。以下是3个实用的技巧，帮助你在需要时能够有效地说“不”。

1.使用“拒绝—提供—建议”（No-But-Yes）方法。当你需要拒绝一个请求时，可以首先表示拒绝，然后提供一个可行的替代方案或建议。

2.设定并清晰表达自己的界限。明确自己的时间、能力和资源限制，并在必要时向他人表达这些限制。

3.采用坚定而礼貌的语气。说“不”的时候，语气需要既坚定又礼貌。坚定是为了确保对方明白你的决定是经过考虑的，而礼貌则是为了维护良好的人际关系。

没有“不”的人生，并不真正属于自己，而只是不断地为别人而活。

敢于说“不”，就掌握了自己命运的钥匙。

第八节

接纳自己的脆弱

在这个复杂多变的世界中，我们每个人的成长旅程都是独一无二的，塑造我们的，正是我们对事物的认知和理解。

傅盛曾指出，人与人之间最大的差别就是认知。他将人的认知状态分为4个阶段。

第1个阶段：不知道自己不知道，处于无知而自负的状态；

第2个阶段：知道自己不知道，这时候人会带着敬畏去学习；

第3个阶段：知道自己知道，把握了事物的本质；

第4个阶段：不知道自己知道，达到了无意识的技艺熟练。

曾经，我一直生活在第一种状态中，充斥着自大与优越感。在公司，我是那个大家都要避让的程总监，自认为是业务的佼佼者，但实际上，我从未真正理解过团队的力量和同事们的感受。我们的合作伙伴曾直言不讳地评论我：“程总监真是太傲慢了，不怎么爱搭理人。”面对这样的评价，我只是轻笑，以为这是他们对我的尊重和敬畏。

直到那一天，一位我非常尊敬的顾客在美容房内与我聊天时提道：“程筠惠，阿雪说你很凶。”这突如其来的评论像一记重锤击中了我，我脑袋“轰”地响了一下，半天反应不过来。

面对客户，我一直都是笑脸相迎的，我一笑就有一对酒窝，很多人夸我笑起来真暖，本身就爱笑的我，被这么一夸，更控制不住自己的笑容，为什么阿雪还会说我凶呢？

一个人说，我可能会认为是对方有问题，可接二连三地开始有人在我耳边念着同一个问题点，这不得不引起我的重视了。我站在镜子前，好好审视里面的那个自己。为什么有人说你不会笑了呢？为什么现在大家都说你很凶？

问着问着，我的眼泪开始疯狂涌出……

是的，我害怕别人的同情和怜悯，害怕成为他们眼中的弱者，害怕他们把我当作特殊人群来对待。我一直以为自己隐藏得挺好的，没想到，我的行为早就出卖了自己。

我不敢把脆弱的一面展现在大家面前，因为一想到这个画面我就觉得自己好无能。尽管外表坚强，我内心的脆弱和不安无处遁形。

为了掩盖自己的不足，我不断对自己说："看，你很棒。"即使在经历了重大车祸并失去左手后，我依然从一个岌岌可危的职位努力到运营总监的高位。可那句"很凶"却撕破了我精心维护的外壳，让我看见了自己的脆弱，不再去掩藏，而是在心里给自己一个空间，去接纳生命里的阴暗面。

当你向现实臣服，生命就会对你宽容。慢慢地，我开始放下对完美无缺的执着，允许自己没有力量。当我们接纳了自己的脆弱，生命就会变得更有弹性，而不是一直紧绷，一拉就断。

人本主义心理学家罗杰斯说：爱是深深的理解与接纳。虽然实施起来是非常不容易，但我活着，不是为了满足他人的期待，而是能够坚持自己的本真，活出自己的精彩。

第九节

孤独不是障碍，而是前进的动力

每一位创业者都不可避免地会遇到孤独，这种孤独，有时候厚重得像雾气一样环绕在身边，难以消融。2023年，在罗振宇的跨年演讲中，他提到了这种创业者特有的孤独感，并强调了一个看似简单却极其有效的解决方案：走出去，与人交流，汲取他们的故事和经验。

这也是我创业第一年的真实写照。开始，我几乎被突如其来的孤独感压垮，那种形单影只的感觉让我多次陷入自我怀疑。如果继续这样下去，我将一事无成。

于是，我决定按照罗振宇的建议，走出自己的小圈子，开始主动寻求与不同背景的人交流，倾听他们的经历与故事。在这个过程中，我学到的不仅是别人的生活经历，更多的是如何在这漫长旅途中，不断自我更新和突破。以下是我学到的几个关键技巧，它们也许看起来有些古怪，但效果非凡。

1.训练自己的“厚脸皮”。要成功，有时你需要放下那些不必要的自尊。正如我每次与老师出去跑马拉松的时候，无论是在高铁站，还是马拉松的赛场，只要人比较多的情况下，老师都会停下来突然来一句：“嘿，我跟你们说……”

老师已经很优秀了，但他依然还在坚持用这样的方式，训练自己、突破自己。

从老师那里，我明白了，自己平时可以随时把一个场景当作一个舞台来训练自己的勇气。

2.学会“留白”。在沟通中适当留白，是一种深具艺术性的技能，尤其在创业领域中显得尤为重要。这种留白不仅是信息传递上的省略，更是一种激发接收者想象和创造力的策略。

当我向团队布置工作时，我常常故意不提供全部细节，而是留下一些空间，让团队成员自己去探索和填补这些空缺。这样做不仅提高了他们的参与感和责任感，还鼓励他们在思考过程中发挥个人才能和创意。

3.培养大胆表达梦想的能力。我们往往因为害怕被人嘲笑而隐瞒自己的真实想法。可如果你不说出你的梦想，别人怎么可能知道并帮助你呢？要大声地说出你的愿望，让宇宙听见你的声音，这样它会回应你。

创业大航海时代，我们每个人都是船长，自己掌舵，决定前行的方向。我们可能会面对暴风雨，可能会迷失方向，但我们也会发现新大陆，遇见未曾预料的惊喜。

而面对创业的孤独，最好的策略就是开拓视野，勇敢前行。

04.

第四章

面对成事，深度践行

第一节

在写书的旅程中成长

尽管我的朋友和同事总是称赞我乐观和执行力强，但他们不知道的是，我也有很多时候被焦虑困扰。尤其是在写这本书的过程中，我的心情起伏尤为剧烈。

一开始着手写作时，我满怀信心。毕竟，我的故事是这本书的灵魂，我认为这将是一次精彩的叙述。我放弃了社交活动，把日常工作交给了同事，全身心投入写作中。当我通宵达旦完成一章节，兴奋地将手稿发给编辑时，却得到了意料之外的反馈："你的故事非常感人，但是在叙述上缺少逻辑性。"

这一评价让我重新审视了自己的作品。在数次修改后，我满怀希望地再次提交了稿件，却依然被退回。编辑回复："不行，还需要修改。"这仿佛一盆冷水浇灭了我心头的热情。

虽然心中一片凉意，我仍然试图从中找到积极的一面——至少，有人愿意真诚地帮助我提高。于是，我将时间分割开，白天埋头于市中心的西西弗书店，夜晚则坐在书桌前埋头苦写。终于，在经过无数个昼夜的努力后，我完成了一个我自认为完美的稿件。

然而，编辑的回应却出乎意料："程筠惠，你写的逻辑好乱，还需要重新梳理。"她的言辞让我再次陷入自我怀疑：如果连写出来的书都没人愿意读，那我又如何能被称为作家？

面对一次次的失败，我的内心无比挫败。有时候，我会对着电脑屏幕发呆，思绪万千，写了又删，删了又写，但屏幕上仍是一片空白。

但我没有放弃，因为出书的梦想深深地激励着我。我提醒自己："越是困难，我越要坚持。一旦突破这个难关，我的人生也将迎来新的里程碑。"

同时，我也在心中默念老师曾经告诉我的一句话："抱最大的希望，尽最大的努力，做最坏的打算。"即使失败了，我也没有真正失去什么，因为我已经赚取了最宝贵的财富——经验。

无论结果如何，我都将继续我的旅程。焦虑虽然依旧伴随着我，但我已经学会了如何与它共处。它不再是我的敌人，而是生活中的一种提醒，时刻告诉我："程筠惠，是时候成长了。"

在这场与焦虑的持久战中，我逐渐学会了从每次的失败中汲取教训。稿件一次次被退回，虽然每次都像是对精神上的打击，但这也让我开始思考如何从根本上提升我的写作技能。

我开始广泛阅读其他成功作家的作品，分析他们的写作风格和结构。我向经验丰富的作者学习，不断提高自己的叙述水平。我学会了如何更有效地构建故事框架，如何把握故事节奏，让每一个情节转折都自然而然地引人入胜。

随着时间的推移，我开始看到自己努力的成果。新的稿件得到了编辑的认可，这不仅是对我稿件的肯定，更是对我的持之以恒的鼓励。

我知道，每一次被退回的稿件都不是失败，而是通往成功的必经之路。这些经历，就像是在我人生的画布上添了浓墨重彩的一笔，虽然色彩复杂，却也绚丽多彩。

焦虑，这位不请自来的访客，给我的生活带来了无数的不确定和挑战，但也逼迫我不断地超越自己。我将反复的失败视为学习和成长的机会。认识到每一次失败都是进步的一部分，可以帮助维持积极的心态和前进的动力。我认识到焦虑是自我成长的一部分，应将其视为成长的助推剂，而不是障碍。

每一次与焦虑的对抗，都让我更加深刻地认识自己。正如伟大的文学家泰戈尔所言："天空没有留下鸟的痕迹，但我已经飞过。"

第二节

你的力量，来源于每一个选择相信你的人

2019年7月22日，我参加了一个大型的培训活动，那里聚集了近千人。台上一位充满自信、阳光、活力的演讲者深深吸引了我。他的每一个动作，每一句话，都显示了他的自信和热情。我渴望有一天也能站在那样的舞台上，自信地表达自己的思想和感受。

然而，与老师的接触机会渺茫，我和他相隔甚远，这次活动之后，我不知道何时还能再次见到他。新冠疫情的爆发意外地提供了一个机会。封控期间，许多人转向线上工作，老师也开始在抖音进行直播，我决定全力以赴地支持他。

通过老师的直播，我了解到他正在带领学生进行一项

艰巨的挑战——连续1000天打卡，每天都要在午夜前提交日记和视频，任何延误都会受到严厉的惩罚。

这个挑战的参与门槛非常高，需要50封来自其他学员的推荐信。

面对这个看似不可能完成的任务，我想挑战。我向老师表达了决心，并承诺在15天内集齐这些推荐信。很多同学会问我："你为什么会想在15天集齐50封推荐信？"

因为每个成就的背后都有一个动力，而我想在生日当天完成一个别人做不到的挑战，这种感觉很有成就感。当然，邀请别人为我写推荐信的时候，遭受的拒绝很多，但更多的还是感动。

比如爱金姐曾给我发一条信息：今天早上8点要做一个小手术，昨晚因疲惫睡着了，今天凌晨3点多惊醒，想到推荐信还没写，我马上完成。我看了3遍你的故事，故事很感人，加油爱笑的女孩！未来1000天演讲路上我们一路同行到终点，爱金姐支持你。"凌晨5点59分我收到她给我写的推荐信。

再比如狒狒发给我："亲爱的惠惠，很欢迎你加入我们的队伍中。你需要先把你的申请求助书写好，写出你的故事，写出为什么加入。到时候给你找到帮忙的同学，另外我也会找我合肥团队的小伙伴们帮你写推荐信。”

狒狒是一个说到做到的人，当我把求助信发给她，她马上把合肥团队的伙伴一个个推荐给我，并一步步教我如何去做。

像这样的朋友还有很多很多，通过身边人的介绍，我开始一个接一个地收集这些宝贵的信件。尽管如此，信件数量还是不够。就在最后我几乎要放弃时，一条消息给了我希望。那是最后一位师姐的回复，她同意帮我写推荐信。我十分感激她，内心无比喜悦，我终于做到了。老师的话回响在我耳边：“以后当你面对人生的任何挑战，只需打开这50封信，你就会重新获得力量。”

每个人都有能力超越自我，只要我们勇于面对自己，诚实地对待他人。最终，我们每个人都能在自己的生命画卷上绘出自己的风景。如同老师所言：“你的力量来源于每一个选择相信你的人。”

第三节

在孤独中寻找平衡

春节的前夕，哥哥和嫂子外出用餐，而妈妈也应邀在村里的一户人家享用晚餐。家中便只剩下我和老爸。我那时并不觉得饿，决定出门跑步，以排解内心的不安。沿着熟悉的乡间小路，我跑了足足五六公里，汗水浸湿了衣衫。归家时，却惊讶地发现大门紧闭。

心中突生疑问：难道老爸也去参加什么聚餐了？我轻手轻脚地推开门，却见老爸正在我的房间忙碌着，他正在整理那些凌乱的被褥。我关切地询问："老爸，你吃饭了没？"我没想到他的回答带着责备的意味，说他这么忙哪有时间吃饭。这番话让我感到极为委屈，眼泪不由自主地滑落。

此刻，我回忆起白天祭拜奶奶的情景。奶奶生活在那个封建礼教严苛的时代，却勇敢地追求自己的爱情，历经3次婚姻。即便是现在，她的勇气仍让人肃然起敬。

然而，当我在祭祀时提及奶奶的这一点时，却遭到了家人的严厉批评，尤其是哥哥，他那凶狠的眼神仿佛要将我生吞活剥。这让我深刻意识到，有着另类思想的我如果长时间与家人相处，必然会激起无尽的家庭争执。

就在这种矛盾重重的情绪中，我决定跟着即将返回杭州的姐夫一起离开，希望能获得一段宁静的时光。

然而，返回杭州后，我原本以为可以自在地享受单身生活，看看电影、看看书、与朋友相聚……但实际上，我还没从姐夫的车里下来，就被深深的孤独感所困扰。一踏入空无一人的店铺，头脑便开始昏沉起来。虽然旁人以为我是因为路途劳累，但我深知，这是因为我太过想念父母了。

这种孤独让我感到窒息，我甚至怀疑，如果继续这样独自生活，我会变成何种模样。我试图逃避这种感觉，匆忙地整理了一下，下楼到二楼的足浴店。原本足浴是一种放松方式，但那一次，我连按摩师的手都未触及我的脚，便急切地想要结束，想要立刻买票回家。

直到我与嫂子视频聊天，这种焦虑的情绪才逐渐平复。在我最孤独的时刻，朋友佳欣陪我聊了两个多小时，她在经济并不富裕的情况下还支持我，使我在新的一年里获得了好运，成为2024年我的第一个客户。

尽管我回杭州的决定是一时的冲动而作出的，但这段时间的独处也让我重新审视自己与家人之间的关系。在这个现代与传统交织的社会中，我的观念和家人的期望经常发生碰撞。

这些矛盾虽然时常让我感到疲惫，但这也是我成长的催化剂。每当我思考如何平衡个人的自由与家庭的期望时，都能在矛盾中找到前进的动力。

同时，这段孤独的日子也让我认识到，无论我多么渴望独立和自由，家庭的温暖和支持仍是我生命中不可或缺的部分。与父母、兄弟间的关系虽有时让我感到窒息，但它们也构成了我的情感基石。

孤独不仅让我感受到失落和空虚，还让我理解到与家人之间的纽带有多么重要。

在孤独中寻找平衡可以是一项挑战，但以下3个方法可能帮助你更好地处理孤独感，同时保持与家庭的良好关系。

1.自我反思与表达：利用孤独的时光进行深入的自我

反思。

2.积极沟通：与家人保持开放和诚实的沟通，包括不同意见和不同感受的讨论。这有助于加深理解和支持，减少误会和冲突，从而在家庭关系中找到一种新的平衡。

3.培养支持网络：虽然家庭是情感支持的重要来源，但在感到孤独时，和好朋友聊聊天也能减轻孤独感，增强生活的满足感和归属感。

通过这3步，我们不仅能更好地认识自己，还能在保持个人独立性的同时珍惜与家人的连接。正是这些努力，让我们在面对孤独的挑战时，依然能找到前进的力量和内心的平静。

第四节

一切发生，皆有利于我

记得与嫂子在tea’stone聊天，嫂子说：“如果当时没让你开店就好了，这样你身上也有些钱，不会像现在这么紧张。”

在开店之初，那时候我确实不想刚结束一段工作就马上又投入一份工作中，尤其还是美业。我想休息一年，跟着老师学习一年，调整一下自己之后再继续创业。但有些事情就是注定的，去年老师正巧不讲课，停课一年。

当时虽然我的内心很不想马上工作，但想着嫂子和徒弟已经从美灵阁出来了。我要负责的并不是我一个人了，我得对他们两个人负责。于是我特意去了一趟晋江找老师赋能。

老师说："程筠惠，你要想想看，你的创业可以给更多的人提供一份就业岗位，让更多的人有饭吃。"正是因为老师这句话才激起我的斗志！

虽然在一年内还是亏损状态，但是我也在这一年中养活了几个员工。至少我也为国家奉献了自己的一份力量！所以当嫂子说这些话的时候，我打断了嫂子的话，"嫂子，当我们踏上一个新的旅程时，我们就已经没有了后悔之路，只有咬紧牙关向前冲！"

在这一年中，我曾困扰过，也曾默默地在自己心里骂自己："为什么要创业？安安稳稳地带着那几十万先休息一年不好吗？也不会在想支持老师的新书时囊中羞涩。"

不过这只是一时的情绪反应，我并不后悔自己选择这么一条路来挑战自己的人生。因为一切发生，皆有利于我。在这个过程中，我也收获到很多。

1.经验

我很喜欢把自己亏损的钱当作为它付费。在这一年中，我看透了人性，对于人性的看法我也释怀了。曾经常说"你怎么可以这么对我"到如今"他这么做才是正常的行为"。

以前我们都太习以为常地接受别人对我们的付出了，

总认为这是本质。然而事实却是没有人有义务对你好，当有一个人愿意对你付出，你更应该感恩这个人，在十几亿人口中选择了你。

如果有一天他不在你身边了，你也别抱怨，那是因为他的使命已完成，而你要继续往前走。所以，员工离开，我从不抱怨一句。那是因为在我心中，始终藏着两个字——感恩，感恩他的存在与离开。

2.机会

如果没有创业，我估计老师也不会想到让我和他一起去跑马拉松，更不会想到让我出书。老师说："跑马拉松就和创业一样，得有强大的耐力与毅力，才能一关关闯到终点。"

因此，如果没有创业，我怎么可能在2023年与老师创造出一个个马拉松赛道上突破自己的故事，更不会有和老师走近的机会。

3.故事

无论创业成功与否，在我的生命中，它都是一道色彩，是它丰富了我的生命。所以，感恩自己的每一次选择，感恩生命中所有的相遇！

在这一年的创业历程中，每一次的挑战与困境，每一个决策的犹豫与果断，都仿佛是铺设在未知道路上的垫脚石。这些垫脚石，虽在当时看来似乎坎坷且难以逾越，但回望过去，每一步都显得那么必要与有价值。

就像攀登一座高山，每一步都可能充满艰难和挑战，但正是这些步伐，使自己登上山顶。每当面临选择，无论是关于店面的经营，还是员工的管理，我都在学习如何更好地做决策，如何在压力中寻找机遇，每一个决定都为我打开了新的视角，让我更接近我的长远目标。

此外，这些经历不仅是职业道路上的铺垫，更是个人成长的催化剂。在经营亏损中，我学会了财务管理的重要性；在员工离职中，我体会到了人力资源管理的复杂性。

这些经验虽然是在创业的过程中获得的，但它们的影响远远超越了商业领域，深深地影响了我的人生观和价值观。通过这些步伐，我不仅在商业上寻找成功，更在生活中寻求意义和满足感，每一步都不再是走过场，而是成为我对未来的一种深思和投资。

“一切发生，皆有利于我”，这不仅是一种乐观的生活态度，更是一种深刻的生命哲学，这些体验和教训，是我个人成长旅程中的宝贵财富。

第五节

不用自证，时间都有答案

2021年4月，我加入了晋杭实验班，成为其中一员。与此同时，我将每月的假期时间全部投入到学习中。因此，每当朋友们邀请我出游时，我总是回答："现在我没有时间，下次再约吧。"

一天，一个教练技术的同学给我发消息说他现在在杭州，邀请我晚上见面，并提议召开一个小组会。自从我们从教练技术课程毕业以来，大家很少有机会聚在一起，特别是由于新冠疫情的影响，我几乎一年未见他们了。

当我收到这条消息时，我正在参加一个外出课程。尽管课程还未结束，我还是急忙前往会面的地点。在路上，我想象着再次见到他们的场景，期待着他们看到我变化后的惊讶表情。

那晚的组会上，我本想分享加入晋杭实验班后的种种变化，毕竟跟老师学习演讲后，我感觉自己整个人越来越绽放了。这时，同学突然打断我的话，问到：“你为什么想学习演讲？你是不是被洗脑了？”

那一刻，我学会了闭嘴。后来才知道有同学担心我太单纯，会被骗，于是特意让他们以小组会的方式来看看是怎么回事，然后劝我“迷途知返”。

在那一次的小组会之后，虽然感到心中有些委屈，我却也逐渐明白了他们的用心良苦。他们的担忧，是对我真挚的关心，他们以这种方式来表达对我未来的担忧与爱护。

事实上，每个人的经历都是独一无二的，我的同学们没有经历过我在实验班中的学习与成长，自然难以完全理解我所体验到的改变和收获。我决定，不再试图用言语去驳斥或解释，而是让我的行动和未来的成就来证明一切。

我继续在实验班中努力学习，用心感受每一次课程带来的启发和成长。随着时间的推移，我不仅在演讲和自我表达上取得了显著进步，更在人际交往和情绪管理上有了质的飞跃。我的变化不仅在于技能的提升，更重要的是内心的成熟与自信的建立。

每次到老师的课堂，我都会突破自己一点。比如从一个不敢站上舞台的人，到后面夺得演说力冠军；曾经从来不敢脱下外套的人，到后面撸起袖子跟人家辩论；曾经喜欢独来独往害怕与人社交的人，到后面成了人群中的“小太阳”。

几个月后，机会又一次来临。在一个重要的公开演讲中，我不仅赢得观众的热烈掌声，更重要的是，我的表现引起一些行业内专家的注意。

当我的同学们看到这些成就时，他们开始重新评价我之前的选择。有位同学甚至给我发来鼓励：“亲爱的，我已经坐上车了。这两天感受到你的改变，也体会到你的快乐，现在你的眼睛都会发光，而你身上也散发着自信，你对未来充满希望。我收回之前的猜疑，支持鼓励你继续在这条路上不断进步，还有真心感受到莫莫她们对你的爱，真的很为你感到高兴，我也很开心这次能来上课，这两天学到的，我要好好利用起来！”

这一次，他们不再是以怀疑的眼光来看待我所参与的实验班，而是开始询问如何可以加入，希望能够体验并获得类似的成长。

在一年的学习周期结束后，我们再次聚在一起。这次，我不再需要过多地解释或证明什么，因为我的成就和改变已经为我说了话。我真诚地分享了这一年来的经历和感悟，我的同学们也以更开放的心态来聆听和理解。

如果有人也不理解你，你不要解释。真正的理解和改变，往往需要时间来说明。我们不必急于说服一个人，只需坚持自己的信念，继续向前走，时间最终会给出答案。

第六节

生命中的失去，就是重整生活的机会

人的一生中会面临3件事，老天的事、别人的事、自己的事。生死由天定，这是老天的事，我们够不着；悠悠之口、众口难调，这是别人的事，我们管不了；而我们能做到的只有当事情发生时，用什么态度去面对，这才是我们自己的事情。

活好不仅是一种生活的技巧，也是一种生存的艺术。面对困境或挑战时，要保持真实并维持内心的平和，优雅和有尊严地去面对每一个生活的瞬间。

当然，人生中有很多事情，我们无法逃避，比如生死。

2022年1月16日，我接到爸爸通知说奶奶快不行了，第二天我就赶回了老家。走进奶奶房间的那一刻，看到姑姑正在给奶奶换着尿不湿，我的眼泪一下子飙了出来，我马上退出了房间，在外面调整好情绪之后，再次走了进去。

姑姑问奶奶："你看，谁回来看你了？"当奶奶看到我之后，我能感受到她的眼神里多了那么一丝丝力量，用她微弱的声音惊喜地对我说着："你怎么回来了？"姑姑问："你知道她是谁吗？"奶奶责怪姑姑的调侃，笑着凶了姑姑一句："我还不认识你呢？"

那一次的重逢在生命的暮色中，我印象深刻。在那一刻，奶奶展现出的坚韧和精神力量让我感动。生与死的边缘并不只是悲伤和绝望，它也能是一种深刻的连接和情感的流露。这个瞬间，不仅是对奶奶生命的一次礼赞，也是对生活本身价值的深刻体现。

在之后的日子里，奶奶每况愈下，每一次探望都像是和她告别。如何在这种无力的痛苦中找到力量？

每次离开奶奶的房间，我都深呼吸，提醒自己，要以一种更积极的态度来面对这种不可避免的离别。面对生死，每个人都会有不同的感受和处理方式。在那个清晨，大伯的电话突然响起，告知我们奶奶已经离世的消息，尽管是预料之中，却仍旧让人心中一阵剧痛。

到奶奶家时，看到她安详的面容，时间仿佛静止。家人们的抽泣声填满了房间的每一个角落，而我则选择在奶奶床前静静地烧香，用这种方式表达我的哀悼和祝福，希望她能平安到达她灵魂的归宿。

这种经历，极为痛苦，生死课题的教育，总是教我们如何面对生命的终结，如何在失去中找到接受和前行的勇气。生命中的失去，是在提醒我们过好此生，好好活，更是在提醒我们对自己生活的检视和重塑。当我们以最充实的方式活在当下，这样才是真正意义上的“活好”，真正对生命的尊重和热爱。

把自己活好，其他事都简单了。

第七节

放下“拥有权”，享受“使用权”

很多时候，我们不允许自己的人生脱轨，必须按照自己预设的方向进行；一切都必须在自己的掌控范围内，不能有差错。

比如不允许自己浪费时间、不允许走下坡路和失败。拼命追求的“拥有权”，仿佛成了生活的镣铐，让我们难以感到快乐。想了很久，才意识到我们可能都陷入了“失去厌恶”的困境里：讨厌失去、害怕失去。

心理学家曾提出：人类对失去的痛苦的感受，比获得快乐的感受强烈两到三倍。好比你亏了100万，比赚了100万的感受，要强烈好几倍。所以为了不失去，我们成了关系里卑微的“控制狂”。

如事无巨细地关心对方；对别人的一举一动很敏感，为了维持关系刻意讨好……久而久之，我们似乎在过着一种“正确”但不快乐的人生。

怎么办呢？放下“拥有权”，享受“使用权”，好好体验人生，因为人生只活一次。

很想和你分享一部很火的电影《热辣滚烫》，而电影中的主角乐莹被闺蜜抢了男朋友后以为遇到了良人，结果对方目的并不纯粹。后来又被表妹设计去录主题为“寻找自己”的节目，被家人打击、被老板揩油、被社会现实所戳伤……经历这些伤害之后，她开始练拳击。

她决定，要为自己的人生战斗一次。如果没有身边这些人给的痛，那就不会激发女主的爆发力，在短短的一年内瘦了100斤。她改变的不是她的身材，而是她的信念，是她对生活的态度。

我们看到的是一个拼尽全力勇敢跳出人生的深渊，努力寻找自己的女主角。如此，恍惚间，我们已经忘了这是电影还是现实。

电影的英文名字首字母是YOLO，贾玲解释说：“YOLO＝You Only Live Once，你只活一次。所以被嘲笑也没关系，想哭也没关系，失败更没有关系，因为YOLO，你只活一次。”

我们的人生注定一路泥泞。我们善良，但这并不代表我们所遇皆良人，所愿皆顺心。如遇此时，请告诉自己，你只活一次，一切都没关系，然后拼尽全力去过这一生，去爱自己，去寻找自己。

要放下“拥有权”，转而享受“使用权”，并真正地体验人生。以下有3种方法。

1.学习接受不完美，我们可以减少对失去的恐惧。认识到每个体验，无论是正面还是负面，都是成长和学习的机会。

2.学会自我关心，花时间了解自己的真实需要和情感，更好地管理情绪和期望。

3.学会创造价值观导向的目标。当你做的事业与你深层的价值观相符合时，你会发现自己更少地关注拥有何种成就，而更多地享受过程本身。

通过实践这些方法，你可以逐步减轻对失去的恐惧，更加从容地面对生活的不确定性，享受当下的每一刻。

第八节

坚持做自己的事

在生活当中，往往我们想连接的人，层次都比自己高好几个级别，甚至有些人只能通过冷冰冰的屏幕才能见到。

其实，我们每个人都有可能变成别人眼中地位高的那个人，关键是我们怎么看待自己，怎样用我们的真心和努力去影响和激励周围的人。

我的好朋友韦素佩，是一位著名石雕艺术品牌的创始人，她在参加一次匠人大会时，被漫画家蔡志忠老师的演讲深深吸引。

蔡志忠老师说："一只小鸟对长颈鹿说，我虽然没有你高，但我可以飞，并且我可以站在三维的角度打败二维的人。”

他又说道：“我花了4个小时到杭州，在来的路上画了66幅A4画，一下车就马上让助理把画拿去盖章。这些画马上就被抢光，并且卖了150万元。很多人觉得一个画家要物以稀为贵，但我却不这么认为。我想为这个世界留下更多的东西，我要创造更多的奇迹。”

韦素佩突然领悟到画值不值钱，不取决于产品本身，而是人的价值。有时候，大师的几句简单的话就能启发深思，让人获得意想不到的启示。这次在大会上听到的观点让她深受触动。因此，她非常希望能有机会亲自认识蔡志忠老师。她相信，与蔡志忠老师的交流不仅能丰富她的艺术视野，更可能成为她艺术生涯中的一个转折点。

可了解蔡志忠老师的人都知道，想见到他很难。他不仅没有微信，就连手机也没有，并且蔡老师几乎不出席公众场合，想私下见他也得提前跟蔡老师的助理预约。

那时，韦素佩决定要与蔡志忠老师见上一面。

半年后，韦素佩再次来杭州。一见到面，就开心地抱着我说："惠惠，你知道我今天见到谁了吗？我见到蔡志忠老师了！"

这个消息让我震惊了，我非常好奇她是怎么做到的。从韦素佩那里得知，她在和我谈完目标之后，就立刻开始行动了。她每天都密切关注蔡志忠老师发布的新文章，并且会在文章发布后半小时内，把自己的反馈和一幅自己画的漫画发给蔡老师的助理。

她坚持每天都这样做，从未间断。最终，在半年后的今天，她实现了她的目标。

我好奇地问："你每天都这么做，蔡老师的助理也不一定会把你的东西给蔡老师看吧？"

韦素佩说："蔡老师是否看到我的作品，那是他的事情，坚持写和画是我的事情。"她选择专注于持续的努力和个人成长的过程本身。这种心态让她有无穷的动力，并最终达到了她的目标。认可并享受过程本身，而不仅仅关注结果。

最终，韦素佩的坚持引起了蔡志忠老师的注意。她不仅被邀请和蔡老师共进午餐，还获得了旁听蔡老师私下授课的机会。

在追逐梦想的路上，不是拥有最多资源的人最成功，而是那些不断学习、勇于行动，并始终坚持自己目标的人最能够实现梦想。

第九节

轻松与贵人建立并维护联系

在职场和生活中，我们常常听到“建立人脉网络”的重要性，尤其是与那些能够影响我们职业道路的关键人物——也就是所谓的“贵人”。如果你身边已经有认识的有影响力的人，但你不知道怎么和他们建立更紧密的联系，或者找不到共同的话题，你可以尝试购买并使用他们的产品或参加他们的课程，之后向他们反馈你的使用感受。这样不仅可以显示出你对他们工作的支持和认可，还能够开启进一步的交流。

然而，真正的挑战在于如何有效地与这些贵人建立起持久和有意义的联系。一个好的开始是不仅能够从关系中获益，还能为对方带来价值。

与贵人建立联系并不总是需要直接的利益交换，更多的是通过真诚的互动、共同的兴趣和持续的关注来逐步构建深厚的关系。这种方法不仅能够帮助你在职业网络中稳固脚跟，同时也能在你事业的每一个阶段中，找到宝贵的支持和指导。

此外，你还可以在工作上，甚至工作之外与他们建立联系，寻求互利的合作机会。

我生命中的一位贵人最近在热衷于跑马拉松，我也开始每天训练跑10公里，以便在马拉松比赛中与他并肩作战。

这样做不仅让我在马拉松现场有机会向他学习，还能在他的激励下一次次突破自我。从一开始害怕跑步的我，到完成3场马拉松比赛，每次领奖时，我感觉自己获得的不仅是奖牌，更是自信和勇气，这对我的创业之路也是巨大的助力。

通过不断向他反馈马拉松对我的影响和我个人的进步，我不仅加深了我们的联系，还让他在考虑找人一起跑马拉松时首先想到了我。这种持续的沟通不仅展示了我的努力和成长，也让他看到了与我合作的潜力。后来，他提供了许多让我上台演讲的机会，这些都是我之前未曾想象到的。

所以，如何有效地与贵人建立和维护联系？

1.持续的反馈交流。通过定期向贵人提供个人成长、学习成果或者是共同兴趣的进展反馈，可以持续吸引贵人的注意力，并展示自己的进步。

2.共同的兴趣活动。参与贵人感兴趣的活动，建立更深层次的同理心和情感联系。

3.利用机会进行展示。向贵人及更广泛的听众证明自己的价值，从而开拓更多的职业和社交机会。

不要吝啬你的反馈，因为机会往往是在不断交流和分享中孕育而生的。当你积极反馈自己的学习成果和生活变化时，不仅能增强与人的关系，也可能获得新的合作机会和成长路径。

05.

第五章

面对目标，勇于突破

第一节

不拼速度，拼耐力

在准备跑马拉松的时候，我常听到两种截然不同的声音。一种是充满怀疑的："我想参加，但我做不到。"另一种则是带着无奈的："我懒得动，去跑步的人只是因为太闲了。"无论哪种声音，都表明他们在生活中错失了一种体验。

我已经坚持晨跑将近两年了，感觉第一场马拉松异常轻松，可以说是我有史以来最舒服的一次跑步。以往，我总是盲目追求速度和结果，经常是强撑着跑完全程，之后全身酸痛，需要好几天才能恢复。

有人惊讶地问我："你怎么跑完半程马拉松一点累的感觉都没有？"这归功于我的教练晋杭老师。在跑马拉松过程中，他一直在我身边帮我调节跑步节奏。

远处是连绵不绝的山，雾气萦绕，抬头就是瓢泼大雨从天而降，我有一段路是张开双臂去跑的，因为太想拥抱这个世界，太喜欢当前的美景，太喜欢自己这种饱满、昂扬、向上的生命状态。

老师边跑边说："你看很多人旅游就是去固定的地点打卡，然后去酒店休息。我们在跑道上跑步，没有车子在身边，你可以在马路上狂奔，身边人为你加油，还能饱览祖国的大好河山，多棒的体验。"我深以为然。

每当我不自觉地加速时，他总会及时提醒我："保持现在的节奏，不要加速，不要被旁边的噪音干扰，找到自己的节奏。"他还说："开始一定要保存体力，马拉松拼的就是耐力，我们一定要慢下来，稳住，与其在这个时候消耗能量，不如在这个时候去稳住自己，后面才会有体力坚持下去。现在跑得快的，你看着吧，后面很多人坚持不下来。"

不论是马拉松还是任何长期的努力，关键在于掌握自己的节奏。在赛事初期慢跑以节省体力，然后在合适的时机加速。教练的指导帮助我学会不被外界干扰，专注于自己的步伐和速度。这种节奏控制的能力，使我能够在保持体力的同时，坚持完成赛程。

所以在最后5公里，我冲刺的体力都还在，别人已经都在慢走的情况下，我们超越一个又一个人。每超越一个人，身体狂累，内心狂喜，超级过瘾。

老师反复强调保持平和的心态，避免因过度兴奋而消耗不必要的能量。

老师说："兴奋也容易消耗能量，一定要找到平和的状态，让呼吸的频率保持得跟走路时一样，但姿态还是跑步，保存精力。"

无论是面对创业的挑战还是马拉松的长跑，关键并不在于速度，而在于耐力和坚持。生活亦如此，如果不懂得慢慢来，享受过程，往往难以达到理想的速度和远方。

第二节

成就，是另外一种活着的姿态

每个人都有想要证明自己的欲望，在与晋杭老师和吴琼老师一起跑马拉松的时候，好胜心尤为强烈。随着比赛的开始，我不由自主地加快了脚步，想要超越前方的每一个对手。这种冲动让我在疲惫中仍然咬紧牙关。

时不时我就会加快速度，然而，晋杭老师的几个动作让我感觉到异样。他有几次有意放慢脚步，降低自己的速度，用不易察觉的方式时刻关注着吴琼老师的状态。

刚开始我并没有考虑得那么周到，在老师的提醒下，我才猛然想到，吴琼老师在跑马拉松前一天还在发高烧，而且这是她第一次跑马拉松。那一刻，我才意识到这时如果我一个人跑向终点，那只是证明自己。

晋杭老师给予我的支持让我倍感幸福，这种幸福激励我也想去赋能他人，让我在生活的多维度中发现更丰富的意义。这让我想起戴维·布鲁克斯在《第二座山》中的观点，他把人生比作爬山：第一座山是追求个人成就、名利与享乐；而第二座山，则是奉献与舍己为人。

当然，攀登第二座山的人也并不排斥世俗的乐趣，他们同样可以享受一顿美食或一道美景。但在追求更高一层次的快乐过程中，他们已经超越了普通的乐趣，生活在向着更高的善靠拢。

布鲁克斯在书中讨论了快乐的多个层次，包括身体、情感和精神上的快乐，但他认为最高级的快乐——道德快乐，是真正持久的快乐，而其他的都是转瞬即逝的。

在攀登布鲁克斯描述的第二座山时，我逐渐理解，真正的成就并不总是个人的，而是共享的。就像我们在马拉松中的体验一样，当我们选择放慢脚步，确保每一位队友都能和我们一起跨过终点线时，我们体验到的不仅是个人的满足，更是一种深层次的集体成就感。

在生活的长跑中，与人为善、相互扶持，不仅让旅程更加愉快，也使我们的人生更加充实和有意义。正是这样的不断追求和实践，让我们每个人都能在攀登自己的第二座山时，找到那份属于自己的、真正永恒的快乐。

第三节

凌晨三点半，完成第一次全马

在我完成半程马拉松后，一种强烈的渴望在我心中升起：我想要挑战全程马拉松。我好奇，跑完整整42.195公里后，我会变成什么样的人？这个问题如同一股不可抗拒的力量，让我跃跃欲试。

在一个平凡的工作日晚上，不知是何种神秘力量赋予了我勇气，我放下包，迅速换上运动装备，冲下楼去开始了我的全马之旅。当我望向夜空，已是夜里10点。

我快速计算了一番：以我最佳的速度，每小时10公里，我需要跑到凌晨2点才能完成。这个任务几乎是不可能完成的，因为这意味着我在整个过程中不能休息。

但内心的坚定让我想要在晚上来体验全马，这种坚定的力量使我在凌晨3点半跨过了终点线。

前几天，我无意中看到了有关跑步猝死的报道，这让我对挑战全马产生了深深的担忧。当我跑过10公里时，已经感到极度疲惫。

我甚至想过放弃，直接回家去享受一觉到天亮的安宁。但是，我已经将这次挑战告诉了我的好友彩姐。她超级可爱，听完就把我想要挑战夜跑全马这件事，分享到了社交圈，这成了我无法回头的关键一步。

于是，我只能硬着头皮接着跑，从小区楼下的赛道换到小区外围，我想以这样转移的方式让自己跑起来更轻松一点。然而，几圈下来之后，整个人明显感觉力不从心，我时刻在关注着自己的配速，不能太快，不能太快，不能太快，然后及时地补充能量。就这样跑跑停停，发现再接着跑有些难。

在跑到18公里的时候，我在黯淡的路灯下对自己说："既然命运没有让我倒下，那么我就要拼尽全力去跑完这42公里。"

我不断地提醒自己：慢慢来，保存体力，稳定配速。

也许是因为自己给自己下的狠命令，后面的24公里，我完全是靠自己的意志力跑了下来的。

我想要验证，完成全马到底有多难？这会给我带来什么样的变化？如果没有亲自尝试，我将永远只能依赖他人的经验，而那些经验并不能真正属于我。

通过这次的全马挑战，我深刻地体会到，只有真正的行动，才能赋予我们话语的权力和生活的力量感。

这次夜跑不仅是对我体力的考验，更是对我意志和生活态度的挑战。人生如果想让自己越来越有力量感，那前提是自己先做到敢于挑战。

第四节

做自己想做的事，别管他人讲什么

最近，我常常听到这样一句话：“惠惠，你别跑这么多。很多人都说，跑这么多对身体不好。”每次听到这话，我都无言以对。毕竟，大家都是出于关心。如果我反驳，可能会让人觉得我不识趣，影响彼此的感情。

为了让自己的状态不受影响。我反问自己，他们口中的“很多人”指的是哪些人。

我们常常会把“很多人”这句口头禅挂在嘴上。如果深入调查一下，就会发现这个很多人可能只是那么一两个人。

如果没调查的话，我会很伤心，怎么会有这么多人不喜欢我呢？后来仔细一问，才发现这个很多人仅仅是那么一两个人。

如果因为这些言语而改变自己晨跑的习惯，那么自己岂不是活在别人的世界中？我们并非活在同一个世界，而是活在自己诠释的世界里。

我会关注那些经常跑步的人，并看他们因为跑步发生了什么变化。跑步对膝盖不好、跑步过量伤身体等说法层出不穷。

但是，如果你决定去做，总能找到支持你行动的例子。比如我喜欢的女明星张钧甯，她每天不论风雨，都会坚持跑步。

曾经的我是非常嗜睡的一个人，每次一放假不睡到中午12点是不会起床的。即使如此，整天也是哈欠连天，有人说我永远都处在睡不醒的状态。

如今，我每天晚上十一二点睡，凌晨4点起床，白天也不用睡觉，整天一副打了鸡血的样子，活力四射。

吴琼老师、钧岚老师她们常常说我："程筠惠，你这个精力哪里来的，都不会累吗？看到你的这份活力，我很羡慕，要是我有你这个精力，我就可以干很多事情了。"每次收到这样的鼓励，我总是活力满满。

每一件事情的背后都有它的对立面，但如果这件事能让你变得越来越好，那么我们有什么理由不坚持呢？每次经过这样的心理梳理，我都能迅速恢复状态。面对自己热爱的事，我选择不去理会他人的看法，而是坚持到底。

第五节

接受生活里的小意外

还记得曾经和老师参加的一场马拉松，如果不用“惊心动魄”来形容，似乎就少了点什么。这可不仅仅是因为比赛本身，更因为我们的一系列小冒险。

第一幕：掐点进场

想象一下，我和老师，两个马拉松老将，在义乌的赛场上悠然自得。老师那次已经是参加第51场马拉松，而这是我的第10场。

我们在比赛即将开始时才慢悠悠地入场。老师一向淡定，我们的目标是“安全完赛”，因为第二天还有另一场马拉松比赛等着我们。老师总是说“目标是行动的指南针”。看来，他不仅跑得多，想得也多。

第二幕：刺激地完赛

赛中，我们的策略是以最悠闲的速度前行。可以想象，在马拉松的最后一公里，我们还在边走边聊，仿佛在公园散步。突然，意识到只剩最后一分钟，我们才开始冲刺，结果以2小时59分57秒的“龟速”完成了半程马拉松。这可能是我们有史以来最慢的一次，但也是最难忘的一次。

第三幕：意外的惊喜

比赛后，我们本应有充足的时间休息，但老师突然接到要在衢州紧急会面的消息。一场不小的挑战又在等着我们。疲惫之下，老师接过了驾驶的重任。

刚上车，我准备小睡片刻，突然一声急刹车，我从梦中惊醒，发现我们的车正横在马路中间。幸好只是撞到隔离带，不然我们就真的“上头条”了。车子受损，气压不稳，我们在各种不安中终于安全到达目的地。

从这场马拉松中，我学到了3个生活的关键。

1.设定目标。明确目标是成功的第一步，无论是生活还是马拉松都是如此。

2.享受过程。在压力之下，找到乐趣是保持动力的关键。

3.接受意外。生活总会出其不意，学会随机应变是必需的技能。

这些经历虽然让人心惊肉跳，但也让我明白，在生命的马拉松中，正是这些不可预见的挑战，教会我们如何在风雨中舞蹈。

第六节

只要思想不滑坡，办法总比困难多

想象一下，在零下4摄氏度的寒冷天气中跑完一场全马拉松，是怎样一种体验？

杭州马拉松原计划在11月举行，但不知为何突然被推迟到了12月。比赛当天不仅迎来了杭州有史以来最冷的天气，甚至还可能有雨夹雪。

对我而言，一旦决定了要去做的事，再恶劣的天气也难以阻止我前行的步伐。因此，我提前做好了充分的保暖准备。比赛当天，我穿上了冲锋衣，叠加了一条厚裤子，腰间还贴着暖宝宝，全副武装地踏上了赛道。

没想到，尽管准备充分，赛事初段还是遭遇重重困难。马拉松是一项极其剧烈的运动，刚开始的2公里，我就感觉热得难以承受，情绪也因此变得难以控制。就在此时，我小腿的旧伤也开始阵阵作痛。

我不敢想象我该如何坚持接下来的40公里，当情绪快要崩溃的时候，我想起了晋杭老师曾经说过的话："只要思想不滑坡，办法总比困难多。"

如果以比赛的目的来跑，我的内心就会一直想突破成绩。而只要一想到这点，压力就会无比的巨大，整个人的状态也没办法放松，脚下的步伐自然而然就会更加沉重。如此，速度怎么能加快？一想到这些，就发现这是一个死穴，它将是一个恶性循环。我又一想，既然是训练，那么就更应该接受各种服装厚度来跑完全马。

正如马拉松赛道上cosplay（角色扮演）的那些选手，他们的服装厚重感已经远远超过了我们。在如此的状态下，这些选手也照样能抵达终点，而我为什么不可以呢？

经过思想转变，我开始把脱下的冲锋衣重新穿回身上，然后把自己的注意力全部投入在比赛中。跑到将近30公里处，有一位运动员大哥赞美我："姑娘，你太厉害了！穿这么厚也能跑这么快。"

我早已经适应了衣服的厚度，并且还非常庆幸自己穿着这件冲锋衣，否则以当天的天气，跑到江边时，风会很大。如果没有这件衣服保暖，我肯定会冻感冒。

我跑这场马拉松的状态确实是非常不好，小腿真的很痛，注意力很容易被影响到。

此时，我得分散一下注意力，所以我立刻打开keep，然后把跑的成绩发到了群里。看到钧岚老师问我："筠惠，你又去跑马拉松了？"简简单单的一句问话，却让我备受鼓舞。我顿时又开始把注意力放到比赛当中，一口气冲到了40公里处。

当天体力已经到了极限。而就在关键的时候，老师问我："程筠惠，杭州这场你跑了多久？"我一边跑着一边回复老师："老师，我还有一公里抵达终点，415号的兔子就在我后面。"

如果没有老师这一句话，我很难破纪录，因为我已经想躺平了。想着这最后一公里了，我走过去，这成绩也不会差到哪里去。但老师的一问，让我意识到，如果因为这最后一公里而错失打破自己纪录的机会，将来一定会后悔。

最难忘的是在滨江最美的赛段遇到一个大坡。我感到非常疲惫，几乎抬不起腿，心想或许可以慢慢走过这段路。正当我打算放慢脚步时，一转头，看到415号兔子紧随我后。这激起了我的斗志，我知道我不能让他超过我。在这种压力下，我不敢停歇，一路狂奔，最终以413的成绩完成了比赛。

这次经历让我深刻理解到，人生中的竞争对手其实是帮助我们发现自己潜力的催化剂。没有他们，我们或许永远不会知道自己的真正能力。

第七节

跑马拉松后的收获远大于跑马拉松

曾经，周菲姐的老公问我：“你觉得跑马拉松之后，带给你最大的改变是什么？”听后，我意识到跑马拉松不仅是体力上的挑战，更是心灵和性格上的重塑，让我学会不断面对压力和不确定性，每一次的长跑都是一次自我超越的机会。其实，跑马后的收获，远远大于跑马。分享3点最重要的收获。

1.人设

周菲姐跟老公说：“程筠惠在跑马拉松，而且已经跑了好几场了，厉害吧？！”大哥说：“能跑下全马的人意志力都很强的，那她的身体素质应该很好吧？”

你看，我瞬间就有了个人标签——意志坚强的姑娘。人们听到这样的描述，自然而然对我刮目相看，这种形象标签是个绝佳的开场白，让人记忆犹新。

2.体质

很多人常常会问我：跑马拉松到底伤不伤膝盖？

这个问题我没办法给到确定答案。但我知道每次在马拉松的赛场，常常看到那些七八十岁的大爷们还在坚持跑马拉松，并且他们的成绩都比我好。

如果跑步真伤膝盖，那些坚持跑了几十年的人膝盖怎么还能用？自从2023年6月开始跑马拉松之后，我感觉心胸更开阔了，精气神也越来越旺盛。

我曾困惑，老师怎样在忙碌中保持不疲劳，答案就是运动。一旦身体动起来，沉睡的细胞也会被唤醒，这或许是我连续熬夜工作还能保持状态良好的秘诀。

3.成就感

没去跑马拉松之前，我就觉得那块奖牌一不能卖钱二又不值钱，拿来没有用。后来，当自己去参加完马拉松，拿到人生中第一块奖牌之后，我的眼泪都快落下来了……

想想它来得真不容易，里面包含着我的泪水与汗水，它是我能跑完马拉松的最好证明，它让我看到我是可以的。奖牌的本身不值钱，你赋予它的意义才值钱。

在每一条马拉松赛道上，我们不只是在跑步，更是在重塑自己的人生。

第八节

强大心力，是可以训练出来的

以前都是我的大脑告诉我什么可以，什么不可以，跑完马拉松之后，是身体告诉我什么可以，什么还可以。原来，强大心力是可以训练出来的。

1.与更强的事物相碰撞

跑完半马，心里就开始渴望下一个全马，我知道这一天迟早会来，身体让我知道我可以。

很多人喜欢极限挑战，比如蹦极、跳伞，这种挑战极限的不可控的刺激感的确很强，但是跑马能够在可控范围内去拉伸身体的极限，这种感觉过瘾，让内心更强大。

因为跑马拉松之前你不知道自己有多强大，挑战了极限之后，你才能发现那个看不见的自己，原来是那么厉害。

"我很强，我还可以更强"的信念就此生根发芽。

2.寻找鼓励式的氛围

每次一去到马拉松的现场，我都能感受到自己是全场的焦点。尤其是跑到30公里左右，欢呼声就更热烈，因为他们被我的样子震撼了——一个残疾人敢于挑战一般人想都不敢想的全马，这姑娘勇气可嘉。

所以每次只要我跟他们一挥手，观众就立马给出回应"姑娘，你最美""姑娘，你最勇敢""姑娘，加油"等。那一刻我仿佛感受到自己站在舞台中央，台下万人瞩目。我很享受这样的氛围，它让我感受到了自己的存在。

当你强大的时候，身边都是掌声。那种高频高能量的声音，太让人喜悦了，而且这样的声音连绵不绝。

鼓励历来都是稀缺资源，在跑马拉松过程中，我听着持续的赋能声音，就觉得自己好无敌、好强大、好厉害、好了不起，现在回想起那个画面，仍感觉振奋不已。

3.坚持运动

上次去青岛马拉松现场，看着那一个个健硕的运动员。晋杭老师对我们几个人说："有没有发现，一个运动过的人和一个没有运动过的人差别是很大的？这些人大清早就精气神十足，给人感觉超级有活力。"

正如老师所说，当我们常常运动后，就会发现自己身上的能量场越来越强。也因为自己的这份能量场，在面对以前令自己恐惧的事情时，恐惧早已在不知不觉中消失了。

在被他人鼓励的氛围中挑战极限，并坚持不懈地锻炼，我逐渐拓展了我的身体和精神的极限。我开始理解，我们的身体和心灵都拥有未被开发的潜力，只有通过不断的挑战和支持，这些潜力才能被充分激发。

跑步，特别是马拉松，成了我自我发现的舞台，每一次的比赛都是对自我能力的一次重新定义。它让我认识到，生命中的每一个挑战，都是一个机会，让我们可以跨越过去的自我，达到新的高度。无论是在赛道上，还是生活中，持续的努力和正面的支持都是我们成长的催化剂。

06.

第六章

面对价值，学会创造

第一节

先铺路，走不走是其次

曾经，我看到这样一段话："穿过黑暗不一定会有光，但至少不会让你一直困守原地，因为你始终保持着前进的状态在发现希望，追寻希望。如若你因为看不见光明而不去摸索前进，那么你只能是坐以待毙。"

这段话让我想起自己身上发生的一段故事。

2022年，我们班的老师宣布要创立一个"一小时俱乐部"，加入唯一的要求就是我们必须得站在舞台上发表一个小时的演讲。只要告诉老师我们准备好了，他就会为我们提供舞台。

那时候，许多同学都踊跃报名，我也不甘示弱，当着老师和同学们的面承诺成为001号会员。但因为新冠疫情的缘故，这个计划一直搁浅。至于我们何时能登台，还是个未知数，甚至可能会被取消。

对我来说，演讲一直是个梦想。虽然这次机会渺茫，但只要有一线希望，我就不想放弃。我对自己说，必须得把演讲稿提前写好，记牢，这样当机会来临时，我才不会因为没准备好而错失良机。

于是，我开始利用下班时间准备演讲稿。原本以为写一个小时的演讲稿是小菜一碟，毕竟我之前也写过几次5分钟的小短文，再加上我故事多得很，随便一聊就是一个小时。

显然，我高估了自己。一个小时的演讲简直是一堂课的长度，还得配合PPT使用。一想到PPT，我就头疼，毕竟我平时几乎不怎么用电脑。但这正是我需要提前准备的原因！在完成稿件的过程中，我不仅学会了如何制作PPT，还提升了电脑技能。

好几个晚上后，我终于完成了演讲稿，并交给辅导员审核。经过几次调整后，我的稿件被批准了，并作为范本在群里分享，激励其他同学也抓紧准备。

同学们私信我，惊讶于我是如何完成的。他们一直想开始动笔，但对准备一个小时的文稿感到迷茫，这也让他们迟迟未能开始。虽然大家都觉得我不知不觉就完成了演讲稿，但我知道接下来要背诵这一个小时的内容绝非易事。于是，每天上班坐地铁时，我都会带着耳机，蹲在车厢角落里背诵。

新冠疫情形势不再严峻，老师的线下课程也开始恢复，尽管每次人数有限。每次上课后，我都会趁大家去吃饭的时候，独自走上舞台，演练我的演讲。

我不知道“一小时俱乐部”何时能开启，但我只有一个信念：提前做好准备，这样当机会来临时，我就不会因为没准备好而失去机会。

也许是因为我为一小时演讲的这份努力，老师一直看在眼里，2022年的7月份，老师突然给我发来一条信息，问我8月份有没有时间协调出来，说要把一小时俱乐部的首秀放在福州大学晋江分校，而演讲的对象是当地考得最好的200名大学生，并且最重要的还有一点，是与老师同台演讲。

收到老师的这条信息，那一刻我就像被大奖砸中的彩民一样，很兴奋，多年的梦想终于要实现了。先铺路，走不走是其次。

正是因为自己先行动了，才有机会在去年8月份登上

211重点工程大学——福州大学的舞台，与老师同台演讲。因此，与其抱怨没有机会，不如去铺好道路。

不是每次穿过黑暗都会有光，但走下去，总会迎来曙光。

第二节

只有跟随，才能学到精髓

2019年7月份，当我第一次走进晋杭老师的课堂，那时候就已经确定老师是我的对标人物，暗自许下心愿，我要跟着老师持续学习。期待未来的某一天，自己能像老师一样，充满智慧地站在舞台上，绽放光彩。

当时的我非常羡慕老师身边的学生们，他们为了能与老师进一步地学习，有些同学特意搬到老师公司附近住，也有些同学辞去了自己一份稳定的高收入工作，甘愿从老师身边的小助理做起。

而当时的我，不如这些同学们有魄力，总想着我的工作怎么办？没有了工作车贷、房贷应该怎么还？家人又是否会支持我？虽然当时没能跟在老师身边学习，但是我通过下面的行动，进步也很迅速。

1.持续上课

新冠疫情3年，是我投资自己大脑最佳的时期。每一次只要老师一开课，我总会在第一时间报名，并且期期到场。很多人觉得不可思议，常常问我怎么有这么多时间？从杭州飞到深圳来参加课程，一次来回都得四五天，有时候一个月两次，一个月三分之一的时间就没有了。

老师有时候也会很好奇地问我：“筠惠，你怎么每次都来上我的课？这些内容你都听过呀。”记得刚开始去的时候，我主要是学习理论。随着去的次数越来越多，我开始感受到内心世界的变化，发现自己内在的力量越来越强大。从一个非常敏感的人，开始洞见自己的内心，从内在调整自己。

所以，当时我常常会跟身边人说：“老师教的不是沟通，更是教会我如何为人处事。”每一次去到老师的课堂，老师的状态就会激励着我。有几次，我们明明发现老师整个人很不舒服，身体还发着高烧，嘴巴里起的都是疱疹，吃饭、说话都很困难。但老师只要一走上讲台，就完全忘记了自己身体的不适，全身心投入课程当中。

2.抄书、抄朋友圈

我把老师朋友圈的所有内容都手抄了一遍，抄的同时，把老师分享的内容在脑海中再思考一遍，复盘一遍，通过两三次的加深印象，理解更深入了。

抄完老师的朋友圈，我又开始抄老师的《演讲力》。当时我就在想，把这本书当成老师，而我在抄书的时候，不正是老师在给我上课吗？

3.收集老师分享的资料、打印成册

抄书、抄朋友圈，这两件事情还挺好办的，只要有时间随时都可以做。而收集老师分享的资料，却有一定的难度。因为老师的有些分享时间，是在我认识老师之前。

为了不让资料有缺失，我利用好几个通宵的时间，在几位同学的帮助下，把资料收集整齐。同时把老师分享的语音转化成文字，然后按照时间轴，一一排好，并把它打印出来，装订成一本书的模样，方便随时翻看。

这么做的原因，是我怕文件过期失效。幸亏我将之前的文件内容打印成册，否则我就得会像其他同学一样，到处问同学："老师分享的资料，你有收藏吗？"

通过这些方法，我们不必时刻跟在老师身边，也能感受到老师的指导，就如同阅读历史人物的言行，他们似乎也在与我们对话。

第三节

要像个礼物一样出现在别人生命里

在生命的长河中，有些人就像意外收到的礼物，悄无声息地出现，带来难以预料的喜悦和色彩。

韦素佩正是这样一位令人珍视的存在。当她走进我的世界，带着她的才华、智慧和大爱，我感到自己仿佛得到了一个无比珍贵的礼物。在遇见她的那一刻起，我的生活便添了不少光彩。每次与她的相遇，都仿佛是节日里拆开期盼已久的礼盒，兴奋和感激涌上心头。

我对她的钦佩之情简直到了无法形容的地步。想想一个人怎么可能同时拥有那么多天赋，同时还有智慧和大爱的心呢？一旦习惯了她的存在，就会无时无刻不想念她。

有那么一段时间，我差不多成了她手机里的常客，经常发消息问她什么时候来杭州。也许是她感应到了我这颗思念她的心，我在一天深夜11点，接到了她的电话，说要见我一面。此时我已经换上了睡衣，而且她要见面的地点在距离我家几十公里外的余杭。通常情况下，我会选择婉拒。

但这次不一样，韦素佩的电话仿佛有魔力，让我即使半夜也要跳起来，换下睡衣，飞奔去见她。每次见到她，她的智慧总能让我记忆深刻。

韦素佩一见面就告诉我这次是带着任务来的，必须给她的好友明娥姐发一个视频问候。这么简单的一句话，却让我感觉到了被需要和珍视的温暖，仿佛有一股力量在背后默默支持我，这让我对未来的自己充满了信心。

回想过去与韦素佩的每一次深夜长谈，不是在帮我解决生活的困惑，就是在教我知识。比如我问她："创业时如何面对孤独？"

韦素佩说，创业本就是一条孤独的路，她也曾被人误解。但坚持5年后，当她的石雕艺术被大公司认可时，这份孤独也就变成了成就感。她告诉我，抗压、实干和内心成长是关键。

聊天过程中，韦小姐的一个合作伙伴打来工作电话，她却婉拒了对方，因为她已经预留了这段时间给我。尽管她在杭州的日程满满，见了无数人，但她依然为我留出了相处的时光。

这份对待友情的真挚，让我无法用言语来表达内心的感动，我只能用独特的方式铭记，在未来的日子里，用行动慢慢回报。正如星光引领夜行者，韦素佩在我的生命旅程中犹如北极星，永远指引我前行。

第四节

机会比能力重要

念念不忘，终有回响。2024年3月，我终于来到晋杭老师身边做事。

在我刚来公司的第一天，我遭遇了一场如同马拉松一般的会议。会后，老板让我写一份复盘，仿佛这是件轻而易举的事。然而，回到座位上，我却感觉大脑被一团浓雾包围，思绪完全无法集中。接下来的两三天，我几乎是对着白纸发呆，竟然一字未能写出。

这真是让人头疼的局面。要知道，如果一个会议的复盘没有完成，接下来的几场会议累积起来的工作量就像滚雪球一样大。眼看工作堆积如山，我简直快要崩溃了。

就在这时，我想起老板曾经对我说的一句话：“任何技巧要在事上磨。”灵光一闪，我决定不再依赖会后的录音，强迫自己立即动笔。这种背水一战的决定，让我不得不迅速整理思绪，分析会议中的关键点。奇迹般地，老板会议一结束，我的复盘报告也随即完成，并且我还能够用红笔标出客户最关心的要点。

当我把这些精炼后的内容发给客户时，客户惊讶地问我：“惠惠，你怎么这么厉害？”那一刻，我终于明白了，真正的能力是在不断的挑战中成长，是逼自己在一步步前行中见长的。

老板也不吝啬表扬，他告诉我：“机会比能力更重要！”这句话让我深思。自从我从北京的一次重要演讲回来后，我感觉自己像是换了一副引擎，整个人的势能完全不同了。

许久未见的朋友珍珍姐见到我时惊讶地说：“惠惠，你现在整个人的状态完全打开了！很自信、很阳光、能量满满，你比之前至少提升了两个级别。”这让我意识到，曾经我们总是认为只有当自己的能力足够强大时，才能抓住机会。而现在我明白了，所有的能力其实都是在实际操作中获得的。

感谢老板不断地给我机会，更感谢自己没有放弃任何一个机会，紧紧跟随老板的步伐，遇见一个全新的自己。每当我回头看看自己的成长轨迹时，都会心中暗自庆幸：还好当初没有选择安逸，而是选择挑战自我。

这一切的努力，都让我相信，在生活这部大剧中，我是一个配角，但我却是自己命运的主角。如果你也想抓住机会，不妨尝试：

1.面对挑战不退缩。当面对看似超出能力范围的任务时，不要依赖辅助工具或逃避，应该迎难而上，直面挑战。

2.及时反馈和迭代。在完成任务时，及时地进行复盘和反思，标记出关键信息和客户的需求重点。

3.把握并创造机会。认识到机会有时比能力本身更重要。

第五节

每一次破碎，都是为了重塑

这次来到深圳，我特意带上韦素佩送我的那只杯子。它不仅仅是一个用来盛放茶水的容器，更像是一位老友，见证了我在外漂泊的点点滴滴。每天早上醒来，我都会给自己泡一杯热腾腾的茶，那股茶香不只是提神，更添了几分温暖和安宁。

喝茶的时候，我总能回想起在万象城西西弗书店的那个下午。那是一个阳光斑驳的日子，韦素佩将这只精美的杯子递到我手中，她说："这杯子，希望你每次使用时都能想起'精雕自己'。无论何时何地，都不要忘了磨砺自己，成为更好的人。""精雕自己"这4个字，如同一道光，照亮了我前行的路。

然而，就在一天早上，这个杯子却在一瞬间从我手中滑落，摔成了碎片。那一刻，我的心仿佛也跟着破碎了。怒火中烧，我几乎要咆哮出来了，责怪自己的笨手笨脚。

我心里的火气一阵阵往上冒，突然有个声音在我心头响起："怒火焚烧的，只有你自己。"这让我开始觉知自己的情绪，慢慢静下心来，思考这个小小的不幸事故背后的意义。

首先，它提醒我，无论面对什么情况，冲动的情绪只会让事情变得更糟，而不会让破碎的杯子复原。

其次，即使再怎么珍惜的物品，也有其生命周期。我们要学会接受，学会放手。

最后，每一次不幸，都是自我反省和成长的契机。这些碎片不只是破碎的物品，更是向自我挑战与成长迈出的一步。

就这样，我开始收拾那些碎片。每捡起一片，就像是重新审视自己的一次机会。我开始感谢这个杯子，感谢它给我的每一次提醒，让我有机会停下脚步，深呼吸，然后带着新的认识和决心，继续前行。

这个小小的插曲，让我意识到这就是生活，学会从中寻找意义，调整自己的心态和行为。

第六节

人比事更重要

有人羡慕我，说我怎么有那么多时间可以出来学习？

我觉得自己正如老师所说，我的脑回路和别人是不一样的。当他人考虑有没有时间来学习的时候，我想到的却是：

1.无论课程内容是什么、在哪个时间段，都不是我重要的考虑点，我第一时间考虑的是要支持老师。

2.与老师链接才是我最重要的事情。无论课程的时间跟我身边的事情有没有冲突，我都会把老师放在首位，只要课程一出来，二话不说第一时间报名。

3.报名之后，我会排除万难出现在课程现场。知识哪里都可以学，但遇到一位对的良师却不是那么容易的。所以，人比事更重要。当我跟老师学习的时候，那种满足感超越了技能的学习，它更像是一种精神上的回归和家的温暖。

这就是为什么，尽管日程再满，我总会为这些珍贵的相遇腾出时间。浩瀚如星辰的世界里，找到真正能教会你生活之道的人，这种发现，远比学到一项新技能更有价值。

第七节

我们喜欢别人是因为他的优点，而不是缺点

我们喜欢一个人，不是因为他们没有缺点，而是因为他们有我们欣赏的优点。然而，在日常生活中，人们往往会因为某个人特定的行为不佳，便一概否定一个人的全部。

这种现象尤其在冲突中常见，一时的情绪或行为冲动常使我们忽略对方的整体特质。一次不愉快的经历足以使我们忘记那些让我们乐于与某人相处的优点，他们的缺点被放大。

人类有一个奇怪的倾向：一旦发现他人的缺点，便会

全面否定对方，仿佛每个人都应达到圣人的标准。面对他人指出我的缺点时，我也会感到恼怒：为什么对方总是只看到我的不足，而忽视我背后的努力呢？

经历了很多次的挫败后，我开始意识到，试图让别人看到自己的努力，往往适得其反。与其努力解释，不如改变自己的回应方式，让双方都能感到更加舒适。

因此，我总结出了以下3种应对策略。

1.自嘲。例如，曾有人指出我演讲时普通话发音不标准，我便回应说："那是因为你没见过我3年前的演讲，那时我不仅普通话不标准，对于演讲的整体表现，我现在想起都觉得尴尬。"

2.顺势而为。无论对方如何评价，我选择直接接受，不再争执。

3.抱着"你开心就好"的态度。有时候，无论我们怎么解释，对方都会有反驳。在这种情况下，简单地回应"你说的都对，你开心就好"往往更为有效。

通过这些方法，我学会了将每一次不愉快的经历看作锻炼和提升自己的机会。我们每个人都有自己的经历和观点，试图改变别人不如改变自己去接纳对方。

这种成长和适应，让我的朋友变多了、心态变好了，我再也不会因为某人做了哪件事情而感到生气或对他很失望，甚至跟他疏远。

这种心法，表面上是放过别人，实际上是放过自己。

第八节

活出真实的自己，就是对他人最大的影响力

在曾经的一个大型培训现场，我坐下不久，就有人跑过来与我交谈，他们的话语和兴奋态度让我深刻感受到一种使命感。那一刻，我意识到活出真实的自己，对他人的影响是如此之大。

现场几百人的互动让我再次体会到每个人都有潜在的力量。我不仅能改变自己，还能改变别人。

想到几个月前，我也是参加了一个培训。第二天，一位之前的课程参与者在台上分享了我的一些想法和表现，她说她曾在台上四处寻找我，希望能与我分享那一刻的感

动，但我已不在现场。

她说："在一个环节中，你满脸笑容地看着我，那个笑容暖心极了。当我准备去牵你的手时，却发现衣袖下面是空的。"她的声音带着哽咽，"那一刻，我感受到了一种前所未有的触动，我的眼泪控制不住地流了出来。"

由于这次经历，她后来报名参加了进阶班，并在每次课程中分享我给她带来的启发。"你的出现，改变了我，现在认识我的人都说我变了。"

频频收到这样的反馈让我感慨万分，我只是真实地做自己，就能让别人感受到力量。就像2024年4月我去英林中学做完主持后，同学们围了上来。

有同学说："姐姐，您能不能帮我签个名？"

又有同学说："姐姐，您气质真好！"

还有同学说："姐姐，我能不能和你合影？"

……

在那一刻，我突然感受到一种使命感：我应该多站出来，通过演讲把生命的活力传递给他人。

每个人的命运都蕴含着崇高的道德和光辉的岁月。我们每个人都是秉承天命而来，但天命从未预设我们的幸与不幸。决定我们命运的，不是命运本身，而是我们自己的选择和行为。我们的目标不仅是变得更好，更是要成为最真实的自己。

真正优质的生活，是按照自己的节奏，走在自选的人生道路上。无论是迈步疾行还是慢行沉思，都在不断地创造属于自己的新命运。让自己活出最佳状态，就是对这个世界最大的贡献。

在此，我祝愿大家在未来的人生旅途中，一路花开繁盛。